# *Prière d'insérer*



Chacun de ces trois essais *Passions, Sauf le nom, Khôra,* forme un ouvrage indépendant et peut se lire comme tel. Si toutefois il a été jugé opportun de les publier simultanément, c'est que malgré l'origine singulière de chacun d'eux, le fil d'une même thématique les traverse. Ils forment une sorte d'**Essai sur le nom** – en trois chapitres ou trois temps. Trois fictions aussi. À suivre les signes qu'en silence les personnages de telles fictions s'adressent l'un à l'autre, on peut entendre résonner la *question du nom,* là où elle hésite au bord de l'appel, de la demande ou de la promesse, avant ou après la réponse.

Le nom : qu'appelle-t-on ainsi? qu'entend-on sous le nom de nom? Et qu'arrive-t-il quand on donne un nom? Que donne-t-on alors? On n'offre pas une chose, on ne livre rien et pourtant quelque chose advient qui revient à donner, comme l'avait dit Plotin du Bien, ce qu'on n'a pas. Que se passe-t-il surtout quand il faut surnommer, re-nommant là où, justement, le nom vient à manquer? Qu'est-ce qui fait du nom propre une sorte de surnom, de pseudonyme ou de cryptonyme à la fois singulier et singulièrement intraduisible?

**Passions** dit un secret absolu, à la fois essentiel et étranger à ce qu'on appelle en général du nom de secret. Pour en venir là, il fallait mettre en scène, dans la répétition plus ou moins fictive d'un « ceci est mon corps » et au cours d'une méditation sur les paradoxes de la politesse, l'expérience où s'emporte une dette incalculable : s'il y a du devoir, ne doit-il pas consister à ne pas devoir, à devoir sans devoir, à devoir ne pas devoir? À devoir ne pas devoir agir « conformément au devoir », ni même, comme le dirait Kant, « par devoir »? Quelles peuvent en être les conséquences éthiques ou politiques? Que doit-on entendre sous ce nom, « devoir »? Et qui peut se charger de le porter dans la responsabilité?

**Sauf le nom.** Il y va du salut. Deux interlocuteurs s'entretiennent un jour d'été, c'est une autre fiction, de ce qui tourne autour du nom, singulièrement du nom de nom, du nom de Dieu et de ce qu'il devient dans ce qu'on appelle la théologie négative, là où le SurNom nomme l'innommable, soit à la fois ce qu'on ne *peut* ni ne *doit* nommer, définir ou connaître, parce que d'abord ce qu'on surnomme alors se dérobe, sans s'y tenir, *au-delà de l'être.* Là où la « théologie négative » semble ouvrir sur une « politique » à venir (aujourd'hui ou demain), une telle fiction risque aussi quelques pas d'hériter sur les traces ou vestiges d'un « errant chérubinique » (Angelus Silesius). Qu'est-ce qu'un SurNom, ce qui vaut *plus que* le nom mais aussi ce qui vient *à la place* du nom? Et se donne-t-il jamais pour le salut du nom enfin

*Sauf* ? Pour le salut, tout simplement, le bonjour ou l'adieu ?

**Khôra,** le plus ancien des trois essais, n'en est pourtant pas la « matrice » ou le « porte-empreinte » originaire, comme on pourrait être tenté de le penser. Il situe seulement une aporie exemplaire du texte platonicien. Le Timée nomme *khôra* (localité, lieu, espacement, emplacement) cette « chose » qui n'est rien de ce à quoi pourtant elle paraît « donner lieu » – sans jamais rien *donner* pourtant : ni les paradigmes idéaux des choses ni les copies qu'un démiurge insistant, l'idée fixe sous les yeux, inscrit en elle. Insensible, impassible mais sans cruauté, inaccessible à la rhétorique, *khôra* décourage, elle « est » cela même qui désarme les efforts de persuasion – et quiconque voudrait avoir le cœur de croire ou le désir de faire croire : par exemple aux figures, tropes ou séductions du discours. Ni sensible ni intelligible, ni métaphore ni désignation littérale, *ni* ceci *ni* cela, *et* ceci *et* cela, participant et ne participant pas aux deux termes d'un couple, *khôra,* dite aussi « matrice » ou « nourrice », ressemble pourtant à un nom propre singulier, à un *pré*nom, plus tôt, à la fois maternel et virginal (voilà pourquoi on dit ici *khôra* et non, comme toujours, la *khôra*) alors que pourtant, dans une expérience qu'il s'agit de penser, elle appelle en silence le surnom qu'on lui donne et se tient au-delà de toute figure maternelle, féminine – ou théologique. Et le silence au fond duquel ainsi *khôra* semble appeler son nom, mais en vérité le surnom d'un prénom, ce n'est peut-être même plus une modalité ou une réserve de la parole. Pas plus que ce fond sans fond ne promet la nuit d'un jour. Il n'y a, au sujet de *khôra,* ni théologie négative ni pensée du Bien, de l'Un ou de Dieu au-delà de l'Être. Cette incroyable et improbable expérience est aussi, entre autres dimensions, *politique.* Elle annonce une pensée, plutôt, sans la promettre, une mise à l'épreuve du politique. Et Socrate, quand il fait mine de s'adresser aux autres et de parler de la *politeia* en passant (qu'il est, dans une vie trop courte), voilà qu'il se met à lui ressembler, à elle, *khôra,* à la jouer dans une fiction qui sera toujours passée inaperçue, à la figurer, elle, l'intangible, l'insaisissable, l'improbable, toute proche et infiniment lointaine, elle qui reçoit tout par-delà l'échange et par-delà le don. Elle comme ce qu'*il faut* encore, *Nécessité,* sans dette.

INCISES
Collection dirigée par Agnès Rauby

# Khôra

## DU MÊME AUTEUR

*Aux Éditions Galilée*

L'ARCHÉOLOGIE DU FRIVOLE (Introduction à L'ESSAI SUR L'ORIGINE DES CONNAISSANCES HUMAINES, de Condillac), 1973.
GLAS, 1974.
OCELLE COMME PAS UN, préface à L'ENFANT AU CHIEN ASSIS, de Jos Joliet, 1980.
D'UN TON APOCALYPTIQUE ADOPTÉ NAGUÈRE EN PHILOSOPHIE, 1983.
OTOBIOGRAPHIES. L'ENSEIGNEMENT DE NIETZSCHE ET LA POLITIQUE DU NOM PROPRE, 1984.
SCHIBBOLETH. POUR PAUL CELAN, 1986.
PARAGES, 1986.
ULYSSE GRAMOPHONE. DEUX MOTS POUR JOYCE, 1987.
DE L'ESPRIT. HEIDEGGER ET LA QUESTION, 1987.
PSYCHÉ. INVENTIONS DE L'AUTRE, 1987.
MÉMOIRES. POUR PAUL DE MAN, 1988.
LIMITED INC., 1990.
L'ARCHÉOLOGIE DU FRIVOLE, réédition, 1990.
DU DROIT À LA PHILOSOPHIE, 1990.
DONNER LE TEMPS. 1. LA FAUSSE MONNAIE, 1991.
Être juste avec Freud, dans PENSER LA FOLIE (Essais sur M. Foucault, collectif) 1992.
POINTS DE SUSPENSION. ENTRETIENS, 1992.
PASSIONS, 1993.
SAUF LE NOM, 1993.
KHÔRA, 1993.

Jacques Derrida

# Khôra

galilée

La première version de ce texte parut, en 1987, dans *Poikilia. Études offertes à Jean-Pierre Vernant,* Paris, aux éditions de l'EHESS. Nous publions simultanément, aux éditions Galilée, deux autres essais, *Passions* et *Sauf le nom.* Malgré tout ce qui les sépare, ces ouvrages semblent aussi se répondre et peut-être s'éclairer à l'intérieur d'une seule et même configuration. Sous la syntaxe mobile de ces titres, on pourrait lire *trois essais sur un nom donné* ou sur ce qui peut *arriver au nom donné* (anonymat, métonymie, paléonymie, cryptonymie, pseudonymie), donc au nom *reçu* voire au nom *dû,* sur ce que peut-être l'on *doit* (donner ou sacrifier) au nom, au nom de nom, soit au surnom, et au nom du *devoir (donner ou recevoir).*

« Le mythe met donc en jeu une forme de logique qu'on peut appeler, en contraste avec la logique de non-contradiction des philosophes, une logique de l'ambigu, de l'équivoque, de la polarité. Comment formuler, voire formaliser ces opérations de bascule qui renversent un terme dans son contraire tout en les maintenant à d'autres points de vue à distance? Il revenait au mythologue de dresser, en conclusion, ce constat de carence en se tournant vers les linguistes, les logiciens, les mathématiciens pour qu'ils lui fournissent l'outil qui lui manque : le modèle structural d'une logique qui ne serait pas celle de la binarité, du oui ou non, une logique autre que la logique du *logos*. »

Jean-Pierre Vernant
« Raisons du mythe »,
dans *Mythe et société en Grèce ancienne,*
1974, p. 250.

*Khôra* nous arrive, et comme le nom. Et quand un nom vient, il dit aussitôt plus que le nom, l'autre du nom et l'autre tout court, dont il annonce justement l'irruption. Cette annonce ne promet pas encore, elle ne menace pas davantage. Elle ne promet ni ne menace personne. Elle reste encore étrangère à la personne, nommant seulement l'imminence, et encore une imminence étrangère au mythe, au temps et à l'histoire de toute promesse et de toutes menaces possibles.

On le sait bien : ce que Platon désigne sous le nom de *khôra* semble défier, dans le *Timée,* cette « logique de non-contradiction des philosophes » dont parle Vernant, cette logique « de la binarité, du oui ou non ». Elle relèverait donc peut-être de cette « logique autre que la logique du *logos* ». La *khôra* n'est ni « sensible » ni « intelligible », elle appartient à un « troisième genre » (*triton genos,* 48e, 52a). On ne peut même pas dire d'elle qu'elle n'est *ni* ceci *ni* cela ou qu'elle est *à la fois* ceci et cela. Il ne suffit pas de rappeler qu'elle ne nomme ni ceci, ni cela ou qu'elle dit et ceci et cela. L'embarras déclaré par Timée se manifeste autrement : tantôt la *khôra* paraît n'être ni ceci ni cela, tantôt à la fois ceci et cela. Mais cette alternative entre la logique de l'exclusion et celle de la participation, nous y reviendrons longuement, tient peut-être à une apparence provisoire et aux contraintes de la rhétorique, voire à quelque inaptitude à nommer. La *khôra* paraît étrangère à l'ordre du « paradigme », ce modèle intelligible et immuable. Et pourtant, « invisible » et sans forme sensible, elle « participe » à l'intelligible de façon très embarrassante, en vérité *aporétique* (*aporôtata,* 51b). Du moins ne mentirons-nous pas, ajoute Timée, du moins ne dirons-nous pas le faux *(ou pseusometha)* en déclarant cela.

La prudence de cette formule négative donne à réfléchir. Ne pas mentir, ne pas dire le faux, est-ce nécessairement dire le vrai? Et qu'en est-il à cet égard du *témoignage*?

Rappelons encore ceci, au titre de l'approche préliminaire : le discours sur la *khôra,* tel qu'il *se présente,* ne procède pas du *logos* naturel ou légitime, plutôt d'un raisonnement hybride, bâtard *(logismô nothô),* voire corrompu. Il s'annonce « comme en un rêve » (52b), ce qui peut aussi bien le priver de lucidité que lui conférer un pouvoir de divination.

Tel discours relève-t-il pour autant du mythe? Accédera-t-on à la pensée de la *khôra* en se fiant encore à l'alternative *logos/mythos*? Et si cette pensée appelait *aussi* un troisième genre de discours? Et si, peut-être comme dans le cas de la *khôra,* cet appel au troisième genre n'était que le temps d'un détour pour faire signe vers un genre au-delà du genre? Au-delà des catégories, surtout des oppositions catégoriales, qui permettent d'abord de l'approcher ou de le dire?

En signe de gratitude et d'admiration, voici donc l'hommage d'une question à Jean-Pierre Vernant. Elle s'adresse à celui qui nous a tant appris et donné à penser de l'opposition *mythos/logos,* certes, mais aussi de l'incessante inversion des pôles, à l'auteur de *Raisons du mythe* et de *Ambiguïté et renversement* : comment penser ce qui, excédant la régularité du *logos,* sa loi, sa généalogie naturelle ou légitime, n'appartient pourtant pas, *stricto sensu,* au *mythos*? Par-delà l'opposition arrêtée ou tard venue du *logos* et du *mythos*, comment penser la nécessité de ce qui, *donnant lieu* à cette opposition comme à tant d'autres, semble parfois ne plus se soumettre à la loi de cela même qu'elle *situe*? Quoi de ce *lieu*? Est-il nommable? et n'aurait-il pas quelque rapport impossible à la possibilité de nommer? Y a-t-il là quelque chose à *penser,* comme nous le disions si vite, et à penser selon la *nécessité*?

# I

L'oscillation dont nous venons de parler n'est pas une oscillation parmi d'autres, une oscillation entre deux pôles. Elle oscille entre deux genres d'oscillation : la double exclusion *(ni/ni)* et la participation *(à la fois... et, ceci et cela)*. Mais avons-nous le droit de transporter la logique, la paralogique ou la métalogique de cette sur-oscillation d'un ensemble à l'autre? Elle concernait d'abord des genres d'étant (sensible/intelligible, visible/invisible, forme/sans forme, icône ou mimême/paradigme), mais nous l'avons déplacée vers des genres de discours *(mythos/logos)* ou de rapport à ce qui est ou n'est pas en général. Un tel déplacement ne va sans doute pas de soi. Il dépend d'une sorte de métonymie : celle-ci se déplacerait, en déplaçant les noms, des genres d'être aux genres de discours. Mais, d'une part, il est toujours difficile, en particulier chez Platon, de séparer les deux problématiques : la qualité du discours tient d'abord à la qualité de l'être dont il parle. Un peu comme si un nom ne devait se donner qu'à (ce) qui d'abord le mérite et l'appelle. Le discours, comme le rapport à ce qui est en général, se trouve qualifié ou disqualifié par ce à quoi il se rapporte. D'autre part, la métonymie s'autorise d'un passage par le *genre,* d'un genre à l'autre, de la question des genres d'être à la question des genres de discours. Or le discours sur la *khôra* est aussi un discours sur le genre *(genos)* et sur différents genres de genre. Nous en viendrons plus tard au genre comme *gens* ou peuple *(genos, ethnos)* dont le thème apparaît à l'ouverture du *Timée.* Dans le contexte étroit qui nous retient à l'instant, celui de la séquence sur la *khôra,* nous rencontrons encore deux genres de genre. La *khôra* est un *triton genos* au regard de deux genres d'être (immuable et intelligible/corruptible, en devenir et sensible), mais elle semble aussi déterminée au regard du genre sexuel : Timée parle à son sujet de « mère » et de « nourrice ». Il le fait sur un mode que nous ne nous hâterons pas de nommer. Presque tous les interprètes du *Timée* misent à cet endroit sur les ressources de la rhétorique sans jamais s'interroger à leur sujet. Ils parlent tranquillement de métaphores, d'images, de comparaisons [1]. Ils ne posent aucune question sur cette tradition de la rhétorique qui met à leur disposition une réserve de concepts fort utiles mais tous contruits sur cette distinction entre le sensible et l'intelligible dont précisément la pensée de la *khôra* ne peut plus s'accommoder – dont Platon laisse entendre sans ambiguïté qu'elle a le plus grand mal à s'accommoder. Ce problème de la rhétorique – singulièrement de la possibilité de nommer – n'est pas ici, on le voit, un problème accessoire. Son importance ne se limite pas davantage à quelque dimension pédagogique (ceux qui parlent de métaphore au sujet de la *khôra* précisent souvent : métaphore didactique), illustrative ou instrumentale. Nous nous contenterons pour l'instant de la signaler et de la situer mais il est déjà clair que, tout comme la *khôra* et tout aussi nécessairement, elle ne se laisse pas facilement situer, assigner à résidence : elle est plus situante que située, opposition qu'à son tour il faudra soustraire à quelque alternative grammaticale ou ontologique de l'actif et du passif. Nous ne parlerons pas de métaphore, mais non pas pour entendre, par exemple, que la *khôra est proprement* une mère, une nourrice, un réceptacle, un porte-empreinte ou de l'or. C'est peut-être parce qu'elle porte au-delà ou en deçà de la polarité sens métaphorique/sens propre que la pensée de la *khôra* excède la polarité, sans doute analogue, du *mythos* et du *logos*. Telle serait du moins la question que nous voudrions mettre ici à l'épreuve d'une lecture. La conséquence envisagée serait la suivante : avec ces deux polarités, la pensée de la *khôra* inquiéterait l'ordre même de la polarité, de la polarité en général, qu'elle soit ou non dialectique. Donnant lieu aux oppositions, elle ne se soumettrait elle-même à aucun renversement. Et cela, autre conséquence, non parce qu'elle serait inaltérablement *elle-même* au-delà de son nom, mais parce qu'en portant au-delà de la polarité du sens (métaphorique ou propre), elle n'appartiendrait plus à l'horizon du sens, ni du sens comme sens de l'être.

Après ces précautions et ces hypothèses négatives, on comprendra que nous laissions le nom de *khôra* à l'abri de toute traduction. Une traduction paraît certes toujours à l'œuvre, et *dans* la langue grecque et de la langue grecque à telle autre. N'en tenons aucune pour assurée. Penser et traduire traversent ici la même expérience. Si elle doit être tentée, une telle expérience n'est pas seulement en souci d'un vocable ou d'un atome de sens mais aussi de toute une texture tropique, ne disons pas encore d'un système, et des manières d'approcher, pour les *nommer,* les éléments de cette « tropique ». Qu'elles concernent le nom de *khôra* lui-même (« lieu », « place », « emplacement », « région », « contrée ») ou ce que la tradition appelle les figures – comparaisons, images, métaphores – proposées par Timée lui-même (« mère », « nourrice », « réceptacle », « porte-empreinte »), les traductions restent prises dans des réseaux d'interprétation. Elles sont induites par des projections rétrospectives dont l'anachronisme peut toujours être suspecté. Cet anachronisme n'est pas nécessairement, pas toujours ou seulement une faiblesse à laquelle une interprétation vigilante et rigoureuse pourrait échapper de part en part. Nous essaierons de montrer que personne n'y échappe. Heidegger lui-même, qui pourtant est l'un des seuls à ne jamais parler de « métaphore », nous paraît céder à cette rétrospection téléologique [2] contre laquelle, ailleurs, il nous met si justement en garde. Et ce geste semble hautement significatif pour l'ensemble de son questionnement et de son rapport à l'« histoire-de-la-philosophie ».

Ce qui vient d'être dit de la rhétorique, de la traduction ou de l'anachronisme téléologique pourrait faire naître un malentendu. Il faut le dissiper sans retard. Nous ne prétendrons jamais proposer le *mot juste* pour *khôra,* ni l'appeler enfin, *elle-même,* au-delà de tous les tours et détours de la rhétorique, ni enfin l'aborder, *elle-même,* pour ce qu'elle aura été, hors de tout point de vue, hors de toute perspective anachronique. Son nom n'est pas un *mot juste.* Il est promis à l'ineffaçable même si ce qu'il nomme, *khôra,* ne se réduit pas, surtout pas, à son nom. La tropique et l'anachronisme sont inévitables. Et tout ce que nous voudrions montrer, c'est la structure qui, les rendant ainsi inévitables, en fait autre chose que des accidents, des faiblesses ou des moments provisoires. Cette loi structurale paraît ne pas avoir été approchée *comme telle* par toute l'histoire des interprétations du *Timée.* Il s'agirait bien d'une structure et non de quelque essence de la *khôra,* la question de l'essence n'ayant plus de sens à son sujet. Comment, n'ayant pas d'essence, la *khôra* se tiendrait-elle au-delà de son nom? La *khôra* est *anachronique,* elle « est » l'anachronie dans l'être, mieux, l'anachronie de l'être. Elle anachronise l'être.

Toute l'histoire des interprétations,

venons-nous de dire. On n'épuisera jamais l'immense littérature consacrée au *Timée* depuis l'Antiquité. Il est hors de question de la traiter ici dans son ensemble. Et surtout de présupposer l'unité ou l'homogénéité de cet ensemble, la possibilité même de le totaliser dans quelque appréhension ordonnée. Ce que nous présupposerons en revanche, et on pourrait encore appeler cela une « hypothèse de travail », c'est que la présomption d'un tel ordre (rassemblement, unité, totalité organisée par un *telos*) a un lien essentiel avec l'anachronisme structural dont nous parlions il y a un instant. Il serait l'inévitable effet produit par *quelque chose comme* la *khôra* – qui n'est pas quelque chose, et qui n'est *comme* rien, pas même comme ce qu'*elle* serait là-bas, au-delà de son nom, *elle-même*.

Riches, nombreuses, inépuisables, les interprétations viennent en somme informer la signification ou la valeur de *khôra*. Elles consistent toujours à lui *donner forme* en la déterminant, elle qui pourtant ne peut s'offrir ou se promettre qu'en se soustrayant à toute détermination, à toutes les marques ou impressions auxquelles nous la disons exposée : à tout ce que nous voudrions lui donner sans rien espérer recevoir d'elle... Mais ce que nous avançons ici de l'interprétation de la *khôra* – du texte de Platon sur la *khôra* – en parlant de forme donnée ou reçue, de marque ou d'impression, de connaissance comme information, etc., tout cela puise déjà à ce que le texte dit lui-même de la *khôra,* à son dispositif conceptuel et herméneutique. Ce que nous venons, par exemple, pour l'exemple, d'avancer au sujet de *« khôra »* dans le texte de Platon, reproduit ou reporte simplement, avec tous ses schèmes, le discours de Platon au sujet de *la khôra.* Cela jusque dans cette phrase même où je viens de me servir du mot de *schème.* Les *skhemata* sont les figures découpées et imprimées dans la *khôra,* les formes qui l'informent. Elles lui reviennent sans lui appartenir.

Des interprétations viendraient donc donner forme à *« khôra »* en y laissant la marque schématique de leur empreinte et en y déposant le sédiment de leur apport. Et pourtant, *« khôra »* semble ne jamais se laisser même atteindre ou toucher, encore moins entamer, surtout pas épuiser par ces *types* de traduction tropique ou interprétative. On ne peut même pas dire qu'elle leur fournisse le support d'un substrat ou d'une substance stable. *Khôra* n'est pas un sujet. Ce n'est pas le sujet. Ni le *subjectile.* Les *types* herméneutiques ne peuvent informer, ils ne peuvent donner forme à *khôra* que dans la mesure où, inaccessible, impassible, « amorphe » (*amorphon,* 51a) et toujours vierge, d'une virginité radicalement rebelle à l'anthropomorphisme, elle *semble recevoir* ces types et leur *donner lieu.* Mais si Timée le nomme réceptacle *(dekhomenon)* ou lieu *(khôra),* ces noms ne désignent pas une essence, l'être stable d'un *eidos,* puisque *khôra* n'est ni de l'ordre de l'*eidos,* ni de l'ordre des mimêmes, des images de l'*eidos* qui viennent s'imprimer en elle – qui ainsi *n'est pas,* n'appartient pas aux deux genres d'être connus ou reconnus. Elle n'est pas et ce ne-pas-être ne peut que s'*annoncer,* c'est-à-dire aussi bien ne pas se laisser prendre ou concevoir, à travers les schèmes anthropomorphiques du *recevoir* ou du *donner. Khôra* n'est pas, surtout pas, un support ou un sujet qui *donnerait* lieu en recevant ou en concevant, voire en se laissant concevoir. Comment lui dénier cette signification essentielle de réceptacle alors que ce nom même lui est donné par Platon? C'est difficile. Peut-être n'avons-nous pas encore pensé ce que veut dire *recevoir,* le recevoir de ce réceptacle, ce que dit *dekhomai, dekhomenon.* Peut-être est-ce de *khôra* que nous commencerons à l'apprendre – à le recevoir, à recevoir d'elle ce que son nom appelle. À le recevoir, sinon à le comprendre, à le concevoir.

On l'aura déjà remarqué, nous disons maintenant *khôra* et non, comme l'a toujours voulu la convention, *la khôra,* ou encore, comme nous aurions pu le faire par précaution, le mot, le concept, la signification ou la valeur de *« khôra ».* Cela pour plusieurs raisons dont la plupart sont sans doute déjà évidentes. L'article défini présuppose l'existence d'une chose, l'étant *khôra* auquel, à travers un nom commun, il serait facile de se référer. Or ce qui est dit de *khôra,* c'est que ce nom ne désigne aucun des types d'étant connus, reconnus ou, si l'on préfère encore, *reçus* par le discours philosophique, c'est-à-dire par le *logos ontologique* qui fait la loi dans le *Timée* : khôra n'est ni sensible ni intelligible. Il y a *khôra,* on peut même s'interroger sur sa *physis* et sa *dynamis,* au moins s'interroger provisoirement à leur égard, mais ce qu'*il y a* là n'est pas; et nous reviendrons plus loin sur ce que peut donner à penser cet *il y a* qui d'ailleurs ne *donne* rien en donnant lieu ou en donnant à penser, en quoi il sera risqué d'y voir l'équivalent d'un *es gibt,* de ce *es gibt* qui reste sans doute impliqué dans toute théologie négative à moins qu'il ne l'appelle toujours, en son histoire chrétienne.

Au lieu de la *khôra,* se contentera-t-on alors de dire prudemment : le mot, le nom commun, le concept, la signification ou la valeur de *khôra*? Ces précautions ne suffiraient pas, elles présupposent des distinctions (mot/concept, mot-concept/chose, sens/référence, signification/valeur, nom/nommable, etc.) qui impliquent elles-mêmes la possibilité, au moins, d'un étant *déterminé,* distinct d'un autre et des actes qui le visent, lui ou son sens, à travers des actes de langage, désignations ou signalisations. Tous ces actes en appellent à des généralités, à un *ordre* des multiplicités : genre, espèce, individu, type, schème, etc. Or ce que nous pouvons lire, semble-t-il, de *khôra* dans le *Timée,* c'est que « quelque chose », qui n'est pas une chose, met en cause ces présuppositions et ces distinctions : « quelque chose » n'est pas une chose et se soustrait à cet ordre des multiplicités.

Mais si nous disons *khôra* et non *la khôra,* nous en faisons bien encore un nom. Un nom propre, certes, mais un mot, tout comme n'importe quel nom commun, un mot distinct de la chose ou du concept. D'autre part, le nom propre paraît, comme toujours, attribué à une personne, ici à une femme. Peut-être à une femme, plutôt à une femme. Est-ce que cela n'aggrave pas les risques d'anthropomorphisme contre lesquels nous voulions nous garder? Ces risques ne sont-ils pas courus par Platon lui-même quand il semble « comparer », comme on dit, *khôra* à une mère ou à une nourrice? La valeur de réceptacle n'est-elle pas aussi associée, comme la matière passive et vierge, à l'élément féminin, et précisément dans la culture grecque? Ces objections ne sont pas sans valeur. Pourtant, si *khôra* présente bien certains caractères du mot comme nom propre, ne serait-ce que par sa référence apparente à de l'unique (et il n'y a, dans le *Timée,* plus rigoureusement dans tel passage du *Timée* que nous aborderons plus tard, qu'*une seule khôra,* et c'est bien ainsi que nous l'entendons, il n'y en a qu'une, si divisible soit-elle), le référent de cette référence, pourtant, n'existe pas. Il n'a pas les caractères d'un étant, entendons par là d'un étant recevable dans l'*ontologique,* à savoir d'un étant intelligible *ou* sensible. Il y a *khôra* mais *la khôra* n'existe pas. L'effacement de l'article devrait pour l'instant suspendre la détermination, entre des guillemets invisibles (nous citons un mot de Platon dans tel passage du *Timée,* ne sachant pas encore ce qu'il veut dire et comment le déterminer) et la référence à quelque chose qui n'est pas une chose mais qui insiste dans son unicité si énigmatique, se laisse ou se fait appeler sans répondre, sans se donner à voir, concevoir, déterminer. Privé de référent réel, ce qui en effet ressemble à un nom propre se trouve aussi appeler un X qui a pour propriété, pour *physis* et pour *dynamis* dira le texte, de n'avoir rien en propre et de rester informe *(amorphon)*. Cette très singulière impropriété, qui justement n'est rien, voilà ce que *khôra* doit, si l'on peut dire, *garder*, voilà ce qu'*il faut lui garder*, ce qu'il *nous* faut lui garder. Pour cela, il faut ne pas la confondre dans une généralité en lui attribuant proprement des propriétés qui seraient toujours celles d'un étant déterminé, l'un des étants qu'elle « reçoit » ou dont elle reçoit l'image : par exemple un étant du genre féminin – et c'est pourquoi la féminité de la mère ou de la nourrice ne lui sera jamais attribuée en propre. Ce qui ne veut pas dire, nous y reviendrons encore, qu'il s'agisse là de simples figures de rhétorique. *Khôra* ne doit pas recevoir *pour elle,* elle ne doit donc pas *recevoir,* seulement se laisser prêter les propriétés (de ce) qu'elle reçoit. Elle ne doit pas recevoir, elle doit ne pas recevoir ce qu'elle reçoit. Pour éviter toutes ces confusions, il convient, paradoxalement, de formaliser son approche et de tenir à son sujet toujours le même langage (ταὐτόν αὐτὴν ἀεὶ προσρητέον, 50b). Non pas tant de lui « donner toujours le même nom », comme on traduit souvent, mais de parler d'elle et de l'appeler *de la même façon.* Fidèlement en somme, même si cette *foi* est irréductible à toute autre. Cette « façon » est-elle unique ou typique? A-t-elle la singularité d'un événement idiomatique ou la généralité réglée d'un schème? Autrement dit, cette régularité trouve-t-elle dans le texte de Platon, ou plutôt dans telle séquence du *Timée,* son unique et meilleure formulation ou bien l'un de ses exemples, si privilégié soit-il? En quoi, en quel sens dira-t-on du *Timée* qu'il est exemplaire? Et s'il importe que l'*appellation* reste la même, plutôt que le *nom,* pourra-t-on remplacer, relayer, traduire *khôra* par d'autres noms, en s'efforçant seulement de veiller à la régularité de l'appellation, à savoir d'un discours?

Cette question ne peut pas ne pas résonner quand nous nous savons pris dans une telle scène de lecture, d'avance compris dans l'immense histoire des interprétations et réappropriations qui viennent au cours des siècles s'affairer autour de *khôra,* la prenant en charge ou la surchargeant d'inscriptions et de reliefs, en lui donnant forme, en y imprimant des types, pour y produire de nouveaux objets ou y déposer d'autres sédiments. Cette interminable théorie des exégèses semble reproduire ce qui, à suivre le discours de Timée, se passerait non pas avec le texte de Platon mais avec *khôra* elle-même. Avec *khôra elle-même,* si du moins l'on pouvait parler ainsi de cet X (χ ou *khi*), lequel ou laquelle doit n'avoir aucune détermination propre, sensible ou intelligible, matérielle ou formelle, et donc aucune identité à soi. *Tout se passe comme si* l'histoire à venir des interprétations de *khôra* était d'avance écrite, voire prescrite, *d'avance reproduite et réfléchie* dans quelques pages du *Timée* « au sujet » de *khôra* « elle-même ». Avec ses relances incessantes, les échecs, les surimpositions, les surimpressions et réimpressions, cette histoire s'efface d'avance puisqu'elle se programme, reproduit et réfléchit par anticipation. Une histoire prescrite, programmée, reproductrice, réfléchie, est-ce encore une histoire? À moins que le concept d'histoire ne porte en lui cette programmation téléologique qui l'annule en le constituant. En déclarant « voilà comment on entrevoit *khôra* – de façon difficile, aporétique et comme en rêve – », quelqu'un (Timée, Platon, etc.) aurait dit en somme : voilà à quoi ressembleront désormais toutes les interprétations, et pour l'éternité, de ce que je dis là. Elles ressembleront à *ce que je dis* de *khôra*; et donc ce que je dis de *khôra* commente d'avance, et décrit la loi de toute l'histoire de l'herméneutique et des institutions qui se construiront *à ce sujet,* sur ce sujet.

Rien de fortuit à cela. *Khôra* reçoit, pour leur donner lieu, toutes les déterminations mais elle n'en possède aucune en propre. Elle les possède, elle les a, puisqu'elle les reçoit, mais elle ne les possède pas comme des propriétés, elle ne possède rien en propre. Elle n'« est » rien d'autre que la somme ou le procès de ce qui vient s'inscrire « sur » elle, à son sujet, à même son sujet, mais elle n'est pas le *sujet* ou le *support présent* de toutes ces interprétations, quoique, néanmoins, elle ne se réduise pas à elles. Simplement cet excès n'est rien, rien qui soit et se dise ontologiquement. Cette absence de support, qu'on ne peut traduire en support absent ou en absence comme support, provoque *et* résiste à toute détermination binaire ou dialectique, à tout arraisonnement de *type* philosophique, disons plus rigoureusement du type *ontologique.* Ce type se trouve à la fois défié et relancé par cela même qui semble lui donner lieu. Encore devrons-nous rappeler plus loin, en y insistant de façon plus analytique, que *s'il y a lieu* ou, selon notre idiome, *lieu donné,* donner lieu ici ne revient pas à faire présent d'une place. L'expression *donner lieu* ne renvoie pas au geste d'un sujet donateur, support ou origine de quelque chose qui viendrait à être donné à quelqu'un.

Malgré leur caractère timidement préliminaire, ces remarques nous permettent peut-être d'entrevoir la silhouette d'une « logique » dont la formalisation paraît à peu près impossible. Cette « logique », sera-ce encore une logique, « une forme de logique » pour reprendre le mot de Vernant quand il parle d'une « forme de logique » du mythe qu'il s'agirait de « formuler, voire formaliser »? Une telle logique du mythe existe sans doute, mais notre question revient : la pensée de *khôra,* qui ne relève évidemment pas de la « logique de non-contradiction des philosophes », appartient-elle pour autant à l'espace de la pensée mythique? Le *logos* « bâtard » qui se règle sur elle, est-ce encore un *mythos*?

Donnons-nous le temps d'un long détour. Considérons la manière dont la dialectique spéculative de Hegel inscrit la pensée mythique dans une perspective téléologique. On peut dire de cette dialectique qu'elle est et qu'elle n'est pas une logique de la non-contradiction. Elle intègre et *relève* la contradiction comme telle. De la même manière, elle relève le discours mythique comme tel dans le philosophème.

La philosophie ne devient sérieuse, d'après Hegel, et nous pensons aussi *après* Hegel et d'*après* lui, qu'à partir du moment où elle entre dans la voie sûre de la logique : c'est-à-dire après avoir abandonné, disons plutôt relevé, sa *forme* mythique – après Platon, avec Platon. La logique philosophique vient à elle-même quand le concept se réveille de son sommeil mythologique. Sommeil et réveil car l'événement consiste en un simple dévoilement : explicitation et prise de conscience d'un philosophème enveloppé dans sa puissance virtuelle. Le mythème *n'aura été* qu'un pré-philosophème offert et promis à son *Aufhebung* dialectique. Ce futur antérieur téléologique ressemble au temps d'un récit mais c'est un récit de la sortie hors du récit. Il marque la fin de la fiction narrative. Hegel l'explique [3] en prenant la défense de son « ami Creuzer » et de son livre, *Symbolik und Mythologie der alten Völker, besonders der Griechen, 1810-1812.* Le *logos* mythologique, certes, peut émettre la prétention d'être une espèce du « philosopher » (p. 108). Des philosophes ont pu se servir des mythes pour rapprocher les philosophèmes de l'imagination *(Phantasie).* Mais « le contenu du mythe est la pensée » *(ibid.).* La dimension mythique reste formelle et extérieure. Si les mythes de Platon sont « beaux », si la « présentation » *(Darstellung)* mythique de la pensée est « belle », on aurait tort de croire que les mythes sont plus « éminents » *(vortrefflicher)* que le « mode abstrait de l'expression ». En vérité Platon ne recourt au mythe que dans la mesure de son « impuissance » *(Unvermögen)* à « s'exprimer dans la pure modalité du penser ». Mais c'est en partie aussi parce qu'il ne le fait que dans l'introduction aux dialogues – et une introduction n'est jamais purement philosophique : on sait ce que Hegel pense des introductions et des préfaces en général. Quand il en vient à la chose même, au sujet principal, Platon s'exprime tout autrement. Pensons au *Parménide,* par exemple : les simples déterminations de la pensée se passent d'image et de mythe. Le schéma dialectique de Hegel concerne ici aussi bien le mythique, le figuratif ou le symbolique. Le *Parménide* est « sérieux », le recours au mythe ne l'est pas tout à fait. Telle qu'elle commande encore aujourd'hui tant d'évaluations, et non seulement dans la pensée dite anglo-saxonne, l'opposition du sérieux et du non-sérieux recouvre ici celle de la philosophie *comme telle* et de sa dérive ludico-mythologique. La *valeur* de la pensée philosophique, c'est-à-dire aussi son *sérieux,* se mesure au caractère non mythique de sa teneur. Hegel souligne ici la valeur, le sérieux, la valeur du sérieux, Aristote est son garant. Car après avoir déclaré que « la valeur de Platon ne réside toutefois pas dans les mythes » (*Der Wert Platons liegt aber nicht in den Mythen,* p. 109), Hegel cite et traduit Aristote. Il convient de s'y arrêter. On sait, rappelons-le au passage avant d'aborder directement ce problème, de quel poids pèse l'interprétation aristotélicienne du *Timée,* notamment au sujet de *khôra,* dans l'histoire des interprétations. Hegel traduit, donc, ou paraphrase la *Métaphysique* : « περι μὲν τῶν μυτικῶς σοφιζομένων οὐκ ἄξιον μετὰ σπουδῆς σκοπεῖν : *Von denen, welche mythisch philosophieren, ist es nicht der Mühe wert, ersntlich zu handeln :* ceux qui philosophent en recourant au mythe ne valent pas la peine qu'on les traite sérieusement. »

Hegel semble osciller entre deux interprétations. Dans un texte philosophique, la fonction du mythe est tantôt un signe d'impuissance philosophique, l'incapacité d'accéder au concept en tant que tel et de s'y tenir, tantôt l'indice d'une puissance dialectique et surtout didactique, la maîtrise pédagogique du philosophe sérieux en pleine possession du philosophème. Simultanément ou successivement, Hegel semble reconnaître chez Platon et cette impuissance et cette maîtrise. Ces deux évaluations ne se contredisent qu'en apparence ou jusqu'à un certain point. Elles ont ceci en commun : la subordination du mythe, comme *forme* discursive, au *contenu* du concept signifié, au sens qui ne peut être, dans son essence, que philosophique. Et le thème philosophique, le concept signifié, quelle qu'en soit la *présentation* formelle – philosophique ou mythique – reste toujours force de loi, la maîtrise ou la dynastie du discours. On peut voir passer ici le fil de notre question : si *khôra* n'a pas de sens ou d'essence, si ce n'est pas un philosophème et si pourtant elle n'est ni l'objet ni la forme d'un récit fabuleux de type mythique, où la situer dans ce schéma?

Apparemment contradictoire, profondément cohérente, cette évaluation logico-philosophique n'est pas *appliquée* à Platon. Elle relève déjà d'un certain « platonisme ». Hegel ne lit pas Platon depuis Aristote et à l'insu de Platon, comme s'il déchiffrait une pratique dont le sens serait resté inaccessible à l'auteur du *Timée*. Un certain programme de cette évaluation paraît déjà lisible dans cette œuvre, comme nous allons le vérifier. Mais peut-être à une réserve près, et cette réserve supplémentaire pourrait loger, abriter, et de ce fait aussi déborder ledit programme.

Le programme d'abord. La cosmogonie du *Timée* parcourt le cycle du savoir sur toutes choses. Sa fin encyclopédique doit marquer le terme, le *telos* d'un *logos* au sujet de tout ce qui est : « καὶ δὴ καὶ τέλος περὶ τοῦ παντὸς νῦν ἤδη τὸν λόγον ἡμῖν φῶμεν ἔχειν » (« Et maintenant déclarons que nous avons atteint le terme de notre discours sur le Monde. ») (92c). Ce *logos* encyclopédique est une ontologie générale, traitant de tous les types d'être, elle comporte une théologie, une cosmologie, une physiologie, une psychologie, une zoologie. Mortels ou immortels, humains et divins, visibles et invisibles y sont situés. En le rappelant en conclusion, on reprend la distinction entre le vivant visible, par exemple le dieu sensible, et le dieu intelligible dont il est l'image *(eikôn)*. Le cosmos est le ciel *(ouranos)* comme vivant visible et dieu sensible. Il est unique et seul de sa race, « monogène ».

Et pourtant, à mi-parcours du cycle, le discours sur *khôra* n'aura-t-il pas ouvert, entre le sensible et l'intelligible, n'appartenant ni à l'un ni à l'autre, donc ni au cosmos comme dieu sensible ni au dieu intelligible, un espace apparemment vide – bien qu'il ne soit sans doute pas *le vide*? N'a-t-il pas nommé une ouverture béante, un abîme ou un chasme? N'est-ce pas depuis ce chasme, « en » lui, que ce clivage entre le sensible et l'intelligible, voire entre le corps et l'âme, peut avoir lieu et prendre place? Ne rapprochons pas trop vite ce chasme nommé *khôra* de ce chaos qui ouvre aussi la béance de l'abîme. Évitons d'y précipiter la forme anthropomorphique et le pathos de l'effroi. Non pas pour installer à sa place la sécurité d'une assise, l'« exact correspondant de ce que Gaia représente pour toute créature, dès son apparition, à l'origine du monde : une assise stable et sûre à jamais, s'opposant à l'ouverture béante et sans fond de Chaos [4] ». Nous rencontrerons plus tard une brève allusion de Heidegger à *khôra*, non pas celle du *Timée*, mais, hors de toute citation et de toute référence précise, celle qui chez Platon désignerait le lieu *(Ort)* entre l'étant et l'être [5], la « différence » de lieu entre les deux.

La conclusion ontologico-encyclopédique du *Timée* semble recouvrir le chasme ouvert au milieu du livre. Ce qu'elle recouvrirait alors, fermant la bouche bée du discours quasiment interdit sur *khôra,* ce ne serait peut-être pas seulement l'abîme entre l'intelligible et le sensible, entre l'être et le néant, l'être et le moindre être, ni même peut-être entre l'être et l'étant, ni même encore entre *logos* et *mythos* mais entre tous ces couples et un autre qui ne serait même plus *leur* autre.

S'il y a bien un chasme au milieu du livre, une sorte d'abîme « dans » lequel on tente de penser ou de dire ce chasme abyssal que serait *khôra,* l'ouverture d'un lieu « dans » lequel tout viendrait à la fois prendre *place et se réfléchir* (car ce sont des images qui s'y inscrivent), est-il insignifiant qu'une *mise en abyme* règle un certain ordre de composition du discours? et qu'elle règle jusqu'à ce mode du penser ou du dire qui doit être semblable sans être identique à celui qu'on pratique *sur les bords* du chasme? Est-il insignifiant que cette *mise en abyme* affecte les formes d'un discours sur les *places,* notamment les places politiques, une politique des places tout entière commandée par la considération des lieux (postes dans la société, région, territoire, pays), comme lieux assignés à des types ou à des formes de discours?

# II

*Mise en abyme* du discours sur *khôra,* lieu de la politique, politique des lieux, telle serait donc la structure d'une surimpression sans fond.

À l'ouverture du *Timée,* on discute sur les gardiens de la cité, les cultivateurs et les artisans, la division du travail et l'éducation. Notons-le au passage, bien qu'il s'agisse d'une analogie de structure formelle et extérieure : ceux qu'on élève comme des gardiens de la cité n'auront rien en propre *(idion),* ni or ni argent. Ils « recevront de ceux qu'ils protègent le salaire de leur grade » (18b). N'avoir rien *en propre,* pas même l'or qu'on peut seulement lui comparer (50a), n'est-ce pas aussi la situation du site, la condition de *khôra*? Cette question peut être posée, même si on ne souhaite pas la prendre au sérieux : si formelle qu'elle soit, l'analogie est peu contestable. On peut en dire de même pour la remarque qui suit immédiatement (18c) et touche à l'éducation des femmes, au mariage et surtout, avec l'insistance la plus marquée, à la communauté des enfants. Toutes les mesures doivent être prises pour que personne ne puisse connaître et reconnaître comme les siens propres *(idia)* les enfants qui viennent à naître (18c d). Dans la procréation *(paidopoiia)*, toute attribution de propriété naturelle ou légitime doit se trouver exclue par le milieu même de la cité. Si l'on tient compte du fait qu'un instant auparavant on avait prescrit une éducation semblable pour les hommes et pour les femmes – qui doivent être préparées aux mêmes activités et aux mêmes fonctions –, on peut encore suivre le fil d'une analogie formelle, celle de ladite « comparaison » de *khôra* avec la mère et, signe supplémentaire d'expropriation, avec la nourrice ; une telle comparaison ne lui assure aucune propriété, au sens du génitif subjectif ou au sens du génitif objectif : ni les propriétés d'une génitrice (elle n'engendre rien et n'a d'ailleurs aucune propriété du tout) ni la propriété des enfants, les images d'un père qui n'en est d'ailleurs pas plus propriétaire. C'est assez dire l'impropriété de ladite comparaison. Mais nous sommes peut-être déjà en un lieu où la loi du propre n'a plus aucun sens. Considérons même la stratégie politique des mariages. Elle manifeste un rapport de réflexivité abyssale et analogique avec ce qui sera dit plus loin de *khôra,* des « cribles » ou des tamis secoués (*seiomena* 52e, 53a) pour trier ou sélectionner le « grain » et les « semences »; la loi du meilleur se croise avec un certain hasard. Or dès les premières pages du *Timée,* dans un discours purement politique, on décrit des dispositifs destinés à machiner *en secret* l'assortiment des mariages pour que les enfants naissent avec le meilleur naturel possible. Et cela ne va pas sans tirage au sort (*kléros,* 18d-e).

Précisons-le dès maintenant. Ces analogies formelles ou ces *mises en abyme* raffinées, subtiles (trop subtiles, penseront certains), nous ne les considérons pas ici, *en premier lieu,* comme des artifices, des hardiesses ou des secrets de composition formelle : l'art de Platon l'écrivain! Cet art nous intéresse et devrait le faire encore davantage, mais ce qui nous importe ici même, et d'abord, indépendamment des intentions supposées d'un compositeur, ce sont les contraintes qui produisent ces analogies. Dirons-nous qu'elles constituent un *programme*? une *logique* dont l'autorité s'est imposée à Platon? Oui, jusqu'à un certain point seulement et cette limite apparaît dans l'abîme même : l'être-programme du programme, sa structure de pré-inscription et de prescription typographique forme le thème explicite du discours *en abyme* sur *khôra.* Celle-ci figure le lieu d'inscription de *tout ce qui au monde se marque.* De même l'être-logique de la logique, son *logos* essentiel, qu'il soit vrai, vraisemblable ou mythique, forme le thème explicite du *Timée,* nous aurons encore à le préciser. On ne peut donc appeler tranquillement, sans autre forme de procès, *programme* ou *logique* la forme qui dicte à

Platon la loi d'une telle composition : programme et logique y sont appréhendés, *comme tels,* fût-ce en rêve, et mis *en abyme.*

Cette précaution prise au sujet d'analogies qui pourraient paraître imprudentes, rappelons le trait le plus général qui rassemble et autorise à la fois ces déplacements, d'un lieu à l'autre « dans » le « même » lieu. Il est évident, trop évident même pour qu'on le remarque, et sa généralité n'a pour ainsi dire d'autre limite qu'elle-même : c'est précisément celle du *genos,* du genre en tous genres, de la différence sexuelle, de la génération des enfants, des genres d'être et de ce *triton genos* qu'est *khôra* (ni sensible ni intelligible, « comme » une mère ou une nourrice, etc.). Nous venons de faire allusion à tous ces genres de genres, nous n'avons pas encore parlé du *genos* comme race [6], peuple, groupe, communauté, affinité de naissance, nation, etc. Nous y voici.

Encore à l'ouverture du *Timée,* on rappelle une conversation antérieure, un discours *(logos)* de Socrate sur la *politeia* et sur son meilleur gouvernement. Socrate en fait le résumé, ce sont les thèmes dont nous venons de parler. Au passage, il se sert du mot *khôra* (19a) pour désigner la place assignée aux enfants : il faut élever les « enfants des bons », transporter les autres en secret dans un autre pays, continuer à les maintenir en observation et opérer une nouvelle opération de criblage en attribuant à chacun sa place *(khôran).* Après ce rappel, Socrate se dit incapable de faire l'éloge de cette cité et de ses hommes. En cela, il se sent comparable aux poètes et aux imitateurs. Et voici le *genos* ou l'*ethnos.* Socrate dit ne rien avoir contre le peuple ou la race, la gent des poètes *(poiêtikon genos).* Mais, compte tenu du lieu et des conditions de naissance aussi bien que d'éducation, la nation ou la race des imitateurs *(mimêtikon ethnos)* aura du mal à imiter ce à quoi elle est restée étrangère, à savoir ce qui se passe en actes et en paroles *(ergois, logois)* plutôt qu'en spectacles ou en simulacres. Il y a aussi le genre ou la gent des sophistes *(tôn sophistôn genos).* Socrate privilégie ici encore la *situation,* le rapport au lieu : le genre des sophistes se caractérise par l'absence de lieu propre, d'économie, de domicile fixe; ces gens n'ont pas de domesticité, aucune maison qui leur soit propre *(oikêseis idias)*. Ils errent de lieu en lieu, de ville en ville, incapables de comprendre ces hommes qui, philosophes et politiques, *ont lieu,* c'est-à-dire agissent par le geste et par la parole, dans la cité ou à la guerre. *Poiêtikon genos, mimêtikon ethnos, tôn sophistôn genos,* après cette énumération que reste-t-il? Eh bien vous, à qui je parle en ce moment, qui êtes aussi un *genos* (19e), et qui appartenez au genre de ceux qui *ont lieu,* par nature et par éducation. Vous êtes donc à la fois des philosophes et des politiques.

La stratégie de Socrate opère elle-même depuis une sorte de non-lieu, et c'est ce qui la rend déroutante, sinon affolante. En commençant par déclarer qu'il est, un peu *comme* les poètes, les imitateurs et les sophistes, incapable de décrire les philosophes-politiques, Socrate feint de se ranger parmi ceux qui feignent. Il affecte d'appartenir aux *genos* de ceux dont le *genos* consiste à affecter : à simuler l'appartenance à un lieu et à une communauté, par exemple au *genos* des vrais citoyens, philosophes et politiques, au « vôtre ». *Socrate fait donc semblant d'appartenir au genre de ceux qui font semblant d'appartenir au genre de ceux qui ont lieu, un lieu et une économie propres.* Mais, en disant cela, Socrate dénonce ce *genos* auquel il fait semblant d'appartenir. Il prétend dire la vérité à son sujet : en vérité, ces gens n'ont pas de lieu, ce sont des errants. *Donc, moi, qui leur ressemble, je n'ai pas de lieu* : moi, en tout cas, je leur suis semblable, je n'ai pas lieu, mais que je leur sois semblable ou ressemblant, cela ne signifie pas que je sois leur semblable. Mais cette vérité, à savoir qu'eux et moi, si nous semblons appartenir au même *genos,* sommes sans lieu propre, je l'énonce, puisque c'est une vérité, depuis *votre* lieu à vous, qui êtes du côté du vrai *logos,* de la philosophie et de la politique. Je m'adresse à vous depuis votre place pour vous dire que je n'ai pas de place puisque je ressemble à ceux qui font leur métier de la ressemblance, les poètes, les imitateurs et les sophistes, genre de ceux qui n'ont pas de place. Vous seuls avez lieu et pouvez dire à la fois le lieu et le non-lieu en vérité, c'est pourquoi je vais vous rendre la parole. En vérité vous la donner ou vous la laisser. Rendre, laisser, donner la parole à l'autre, c'est dire : vous avez lieu, ayez lieu, venez.

La duplicité de cette auto-exclusion, le simulacre de ce retrait joue sur l'appartenance au lieu propre, comme lieu politique et comme habitation. Seule cette appartenance au lieu autorise la vérité du *logos,* c'est-à-dire aussi son effectivité politique, son efficience pragmatique, praxique, que Socrate associe régulièrement au *logos* dans ce contexte. C'est l'appartenance d'un *genos* à un lieu propre qui garantit la vérité de son *logos* (rapport effectif du discours à la chose même, à l'affaire, *pragma*) et de son action *(praxis, ergon).* Les spécialistes du non-lieu et du simulacre (parmi lesquels Socrate affecte alors de se ranger) n'ont même pas à être exclus de la cité, comme des *pharmakoi*; ils s'excluent d'eux-mêmes, comme le fait Socrate ici en rendant la parole. Ils s'excluent d'eux-mêmes, ou feignent de le faire, aussi bien, parce qu'ils n'ont tout simplement pas de place. Il n'y a pas de place pour eux dans le lieu politique où l'on parle et traite des affaires, l'*agora.*

Bien que le nom soit déjà prononcé (19a), la question de *khôra* comme lieu général ou réceptacle total *(pandekhês)* n'est certes pas encore posée. Mais si elle n'est pas posée comme telle, elle fait signe et pointe déjà. La note est donnée. Car, d'une part, la polysémie ordonnée du mot comporte toujours le sens de lieu politique ou plus généralement de lieu *investi,* par opposition à l'espace abstrait. *Khôra* « veut dire » : place occupée par quelqu'un, pays, lieu habité, siège marqué, rang, poste, position assignée, territoire ou région. Et de fait, *khôra* sera toujours déjà occupée, investie, même comme lieu général, et alors qu'elle se distingue de tout ce qui prend place en elle. D'où la difficulté de la traiter comme espace vide ou géométrique, voire, c'est ce qu'en dira Heidegger, comme ce qui « prépare » l'espace cartésien, l'*extensio* de la *res extensa.* Mais, d'autre part, en ce lieu précis et sur ce lieu marqué, le discours de Socrate, sinon le discours socratique, procède ou affecte de procéder depuis l'errance, depuis une place mobile ou non marquée, en tout cas depuis un espace d'exclusion qui se trouve de surcroît neutralisé. Pourquoi neutralisé? Si Socrate feint de se ranger parmi ceux dont le *genre* est de n'avoir pas de lieu, il ne s'assimile pas à eux, il dit qu'il leur *ressemble*. Il se tient donc dans un troisième genre, en quelque sorte, ni celui des sophistes, poètes et autres imitateurs *(dont il parle)*, ni celui des philosophes-politiques (*auquel il parle* en lui proposant seulement de l'écouter). Sa parole n'est ni son adresse ni ce qu'elle adresse. Elle *arrive* dans un troisième genre et dans l'espace neutre d'un lieu sans lieu, un lieu où tout se marque mais qui serait « en lui-même » non marqué. Ne ressemble-t-il pas déjà à ce que d'autres, plus tard, ceux-là mêmes à qui il *donne la parole* appelleront *khôra*? Simple ressemblance, sans doute. Seul un discours du genre sophistique aurait l'indécence d'en abuser. Mais abuser d'une ressemblance, n'est-ce pas la présenter comme une identité, n'est-ce pas assimiler? On peut aussi s'interroger sur les raisons de la ressemblance comme telle.

Nous sommes dans le préambule, notre préambule sur le préambule du *Timée*. Pas de philosophie sérieuse dans les introductions, tout au plus de la mythologie, disait Hegel.

Dans ces préambules, il n'est pas encore question de *khôra,* du moins de celle qui donne lieu à la mesure du cosmos. Pourtant, sur un mode singulier, la place même du préambule fait place, sur le seuil, à un traitement de la place, à une assignation de leur place aux interlocuteurs qui seront amenés à en traiter plus loin. Et cette assignation des places obéit à un critère : celui de la place du *genos* au regard du *lieu propre*. Or, d'une telle mise en scène on n'a jamais, semble-t-il, tenu compte, ce compte-ci. Elle distribue les lieux marqués et les lieux non marqués selon un schéma analogue à celui qui ordonnera plus loin le discours sur *khôra*. Socrate *s'efface,* il efface en lui tous les types, tous les genres, aussi bien ceux des hommes d'image et de simulacre auxquels il feint de ressembler un moment que celui des hommes d'action et des hommes de parole, philosophes et politiques auxquels il s'adresse en s'effaçant devant eux. Mais en s'effaçant ainsi, il se situe ou s'institue en *destinataire réceptif,* disons en *réceptacle de tout* ce qui va désormais s'inscrire. Sa parole reçoit, en son événement même, plus qu'elle ne donne. Il se dit pour cela *prêt* et *paré*, disposé à *recevoir* tout ce qu'on lui offrira. Les mots de *kosmos* et de *endekhomenon* ne sont pas très loin : πάρειμί τε οὖν δὴ κεκοσμημένος ἐπ' αὐτὰ καὶ πάντων ἑτοιμότατος ὢν δέχεσθαι : « Me voici tout prêt à l'accepter et plein d'entrain pour recevoir tout ce que vous m'offrirez » (20c). Une fois de plus la question revient : que veut dire *recevoir*? Que veut dire *dekhomai*? Il s'agit moins, avec cette question en forme de « que veut dire? », de méditer sur le *sens* de telle ou telle expression, que de remarquer le pli d'une immense difficulté : le rapport si ancien, si traditionnel, si déterminant entre la question du sens ou du sensible et celle de la réceptivité en général. Le moment kantien a ici quelque privilège mais avant même que l'*intuitus derivativus* ou la sensibilité pure ne soient déterminés comme réceptivité, le rapport intuitif ou perceptif au *sens intelligible* a toujours comporté, chez l'être fini en général, une irréductible réceptivité. C'est vrai *a fortiori* pour l'intuition ou la perception sensibles. *Dekhomai,* qui déterminera le rapport de *khôra* à tout ce qui n'est pas elle et qu'elle reçoit (elle est *pandekhês,* 51a), joue sur toute une gamme de sens et de connotations : recevoir ou accepter (un dépôt, un salaire, un présent), accueillir, recueillir, voire attendre, par exemple le don d'une hospitalité, en être le destinataire, comme c'est ici le cas pour Socrate, dans une scène de don et de contre-don. Il s'agit de rendre *(antapodidômi)* le don ou l'hospitalité des discours. Socrate se dit prêt à recevoir en échange les discours dont il devient le destinataire accueillant, réceptif, reconnaissant (20b-c). Nous sommes encore dans un système de don et de dette. Quand nous en viendrons à *khôra* comme *pandekhês,* au-delà de toute anthropomorphie nous entreverrons peut-être un *au-delà de la dette.*

Socrate n'est pas *khôra* mais il lui ressemblerait beaucoup si elle était quelqu'un ou quelque chose. En tout cas il se met à sa place, qui n'est pas une place parmi d'autres, mais peut-être *la place même,* l'irremplaçable place. Irremplaçable et implaçable place depuis laquelle il reçoit la parole de ceux devant lesquels il s'efface mais qui la reçoivent aussi de lui car il les fait parler. Et nous aussi, implacablement.

Cette place introuvable, Socrate ne l'*occupe* pas mais c'est celle depuis laquelle, dans le *Timée* et ailleurs, *il répond à son nom.* Car il faut toujours, comme *khôra,* « l'appeler de la même façon ». Et comme il n'est pas sûr que Socrate lui-même, celui-ci, soit quelqu'un ou quelque chose, le *jeu des noms propres* devient plus abyssal que jamais : qu'est-ce que le lieu? À quoi et à qui donne-t-il lieu? Qu'est-ce qui a lieu sous ces noms? Qui es-tu, *Khôra*?

# III

Les permutations, substitutions, déplacements ne touchent pas seulement à des noms. La mise en scène se déploie selon un enchâssement de discours de type narratif, rapportés ou non, dont l'origine ou la première énonciation semble toujours relayée, paraissant disparaître là même où elle apparaît. Leur dimension mythique est parfois exposée comme telle, et la mise *en abyme* s'y donne à réfléchir sans limite. On ne sait plus, d'où parfois le sentiment de vertige, sur quels bords, à la surface de quelle paroi : chaos, chasme, *khôra*.

Quand elles touchent explicitement au mythe, les propositions du *Timée* semblent toutes ordonnées à un *double motif*. Dans sa duplicité même, il constituerait le philosophème du mythème tel que, de Platon à Hegel, nous le voyions tout à l'heure s'installer.

1. D'une part, le mythe relève du jeu. On ne le prendra donc pas au sérieux. Platon prévient ainsi Aristote, il va au-devant de l'objection sérieuse d'Aristote et fait le même usage de l'opposition jeu/sérieux *(paidia/spoudê)*, au nom du sérieux philosophique.

2. Mais, d'autre part, dans l'ordre du devenir, quand on ne peut prétendre à un *logos* ferme et stable, quand on doit se contenter du vraisemblable, le mythe est de rigueur, il constitue la rigueur, la seule possible.

Ces deux motifs s'enchevêtrent nécessairement, ce qui donne au jeu son sérieux et au sérieux son jeu. Il n'est pas interdit, il n'est pas même difficile de discourir (*dialogisasthai,* 59c) au sujet des corps quand on cherche seulement la vraisemblance. On peut alors se contenter de la forme *(idean)* de mythes vraisemblables *(tôn eikotôn mythôn)*. Dans ces moments de récréation, on abandonne les raisonnements au sujet des êtres éternels, on cherche le vraisemblable au sujet du devenir. On peut alors y prendre un plaisir *(hèdonèn)* sans remords, jouir modérément et raisonnablement du jeu (*paidian,* 59d). Le *Timée* multiplie les propositions de ce type. Le discours mythique *joue* avec l'image vraisemblable parce que le monde sensible lui-même appartient à l'image. Le devenir sensible est une image, une semblance, et le mythe une image de cette image. Le démiurge a formé le cosmos *à l'image* du paradigme éternel qu'il contemple. Le *logos* qui se rapporte à ces images, à ces êtres icôniques, doit être de même nature : seulement vraisemblable (29b-c-d). Il nous faut accepter dans ce domaine le « mythe vraisemblable » *(ton eikota mython)* et ne pas chercher plus loin (29d, cf. aussi 44d, 48d, 57d, 72d-e).

Si l'encyclopédie cosmo-ontologique du *Timée* se présente comme un « mythe vraisemblable », un récit ordonné à l'opposition hiérarchisée du sensible et de l'intelligible, de l'image en devenir et de l'être éternel, comment y inscrire, comment y situer le discours sur *khôra?* Il en est bien un moment inscrit mais il porte aussi sur un *lieu d'inscription* dont il est clairement dit qu'il *excède* ou *précède,* dans un ordre d'ailleurs a-logique et a-chronique, anachronique aussi, les oppositions constitutives du mytho-logique comme tel, du discours mythique et du discours *sur* le mythe. D'une part en ressemblant à un raisonnement *onirique* et *bâtard,* ce discours fait penser à une sorte de mythe dans le mythe, à un abîme ouvert dans le mythe général. Mais, d'autre part, donnant à penser ce qui n'appartient ni à l'être sensible ni à l'être intelligible, ni au devenir ni à l'éternité, le discours sur *khôra* n'est plus un discours sur l'être, il n'est ni vrai ni vraisemblable et paraît donc hétérogène au mythe, du moins à la mytho-logique, à ce philosopho-mythème qui ordonne le mythe à son *telos* philosophique.

L'abîme ne s'ouvre pas d'un seul coup, au moment où le thème général de *khôra* reçoit son nom, au beau milieu du livre. Tout semble se passer *comme si* – et le *comme si* nous importe ici – la fracture de cet abîme s'annonçait de façon sourde et souterraine, préparant et propageant par avance ses simulacres et mises *en abyme* : une série de fictions mythiques enchâssées les unes dans les autres.

Considérons d'abord, dans la mise en scène du *Timée,* dès le début, ce que Marx appelle le « modèle égyptien [7] ». Certains motifs, qu'on pourrait nommer *typomorphiques,* y anticipent la séquence sur l'*ekmageion,* ce porte-empreinte, cette matière toujours prête à recevoir l'empreinte, ou encore sur l'empreinte et le sceau mêmes, le relief imprimé *(ektupôma),* autant de tours pour approcher l'énigme de *khôra.*

*Première occurrence : écrire pour l'enfant.* Telle qu'elle nous parvient, portée par une série de relais fictionnels que nous analyserons plus loin, la parole du vieux prêtre égyptien allègue avant tout l'écriture. Il l'oppose au mythe, tout simplement. Vous les Grecs, dit-il à Solon, vous êtes comme des enfants car vous n'avez pas de tradition écrite. Après un cataclysme, vous devez tout réinventer. Chez nous, en Égypte, tout est écrit *(panta gegrammena)* depuis les temps les plus anciens *(ek palaiou)* (23a), et même votre propre histoire, à vous les Grecs. Vous ne savez pas d'où vient votre cité actuelle, car ceux qui survivent aux fréquentes catastrophes meurent à leur tour sans avoir été capables de s'exprimer par écrit (23c). Privés d'archive écrite, vous recourez dans vos généalogies à des « mythes enfantins » (23b). Vous n'avez pas l'écriture, il vous faut le mythe.

Cet échange ne va pas sans quelques paradoxes formels. Comme le mythe de son origine, la mémoire d'une cité se voit confiée non seulement à une écriture mais à l'écriture de l'autre, au secrétariat d'une autre cité. Elle doit ainsi *s'altérer* deux fois pour se sauver, et il est bien question de salut, de *sauver* une mémoire (23a) en écrivant sur les parois des temples. La mémoire vivante doit s'exiler dans les vestiges graphiques d'un *autre lieu,* qui est aussi une autre cité et un autre espace politique. Mais la supériorité techno-graphique des Égyptiens n'en est pas moins subordonnée, au service du *logos* grec : vous les Grecs, « vous surpassiez tous les hommes en toutes sortes de qualités, comme il sied à des rejetons et à des élèves des dieux. Nombreux et grands furent vos exploits et ceux de votre cité : ils sont ici par écrit *(gegrammena)* et on les admire » (24d). La mémoire d'un peuple est arraisonnée, elle se laisse approprier par un autre peuple, voire par une autre culture : phénomène bien connu dans l'histoire des cultures en tant qu'histoire de la colonisation. Mais le fait paraît ici fort significatif : la mémoire se trouve déposée, elle est confiée en dépôt sur les rivages d'un peuple qui déclare, ici du moins, son admiration, sa dépendance, sa subordination. L'Égyptien se serait approprié la culture du maître grec qui dépend maintenant de cette *hypomnèse,* de cette écriture de secrétariat, de ces monuments : Thot ou Hermès, comme on voudra. Car ce discours du prêtre – ou interprète égyptien – se dit ici et s'interprète en grec, pour des Grecs. Saura-t-on jamais qui tient le discours *sur* la dialectique du maître et de l'esclave et sur les deux mémoires ?

*Seconde occurrence : recevoir et perpétuer l'enfance.* Critias rapporte donc un récit de Solon qui rapporte lui-même le récit qu'un prêtre égyptien lui fait au sujet de la fonction *mythologique,* précisément, dans la mémoire des Athéniens. Plus précisément encore : Critias répète un récit qu'il avait déjà fait la veille et au cours duquel il rapportait un entretien entre Solon et Critias, son arrière-grand-père, entretien dont il avait eu lui-même la relation, quand il était enfant, de son aïeul Critias qui tenait lui-même de Solon la relation de l'entretien que ce dernier avait eu en Égypte avec le vieux prêtre, celui-là même qui lui expliquait en somme pourquoi tous les Grecs sont livrés à la relation orale, à la tradition orale qui, les privant d'écriture, les destina à l'enfance perpétuelle! Voilà donc une relation de relations orales, une chaîne de traditions orales par lesquelles ceux qui y sont assujettis s'expliquent comment un autre, venu d'un pays d'écriture, leur explique, oralement, pourquoi ils sont destinés à l'oralité. Autant d'enfants grecs, donc, aïeux, fils et petits-fils réfléchissant entre eux, mais grâce à la médiation d'un autre, à la fois étranger et complice, supérieur et inférieur, la mythopoétique de la relation orale. Mais encore une fois, cela ne nous fera pas oublier (puisque c'est écrit!) que tout cela est écrit en ce lieu qui *reçoit* tout, dans ce cas, à savoir le *Timée,* et en lui adressé à celui qui, comme nous, avant nous, *reçoit* tout, dans cette théorie de réceptions, Socrate.

À la fin de ces récits de récits, après ces relations inscrites les unes dans les autres au point qu'on se demande souvent qui en définitive *tient* le discours, qui *prend* la parole et qui la *reçoit,* le jeune Critias raconte comment il se souvient de tout cela. Récit sur la possibilité du récit, propos sur l'origine, l'enfance, la mémoire et l'écriture. Comme je le fais le plus souvent, je cite une traduction courante (ici celle de Rivaud, édition Budé), ne la modifiant ou ne mentionnant le mot grec que si notre contexte l'exige :

« C'est pourquoi, comme l'a dit Hermocrate hier, tout de suite en sortant d'ici, je leur ai rapporté ce dont je me souvenais, puis, après les avoir quittés, en y songeant cette nuit, j'ai retrouvé quasi tout le reste. Tant il est vrai, comme on le dit *(τὸ λεγόμενον),* que ce que nous avons appris dans l'enfance (τὰ παίδων μαθήματα) demeure dans la mémoire de manière surprenante (θαυμαστὸν ἔχει τι μνημεῖον). Pour moi en effet, je ne sais si je pourrais retrouver le souvenir de tout ce que j'ai ouï dire hier : mais ce que j'ai entendu il y a très longtemps, je serais bien étonné *(θαυμάσαιμ')* si quelque chose m'en avait échappé. J'avais alors tant de plaisir, tant de joie enfantine à l'entendre, et le vieillard m'instruisait de si bon cœur, tandis que je ne cessais de l'interroger, que cette histoire est demeurée en moi, comme si elle était peinte à la cire, en caractères ineffaçables (ὥστε οἷον ἐγκαύματα ἀνεκπλύτου γραφῆς ἔμμονά μοι γέγονεν) » (26b-c).

Dans l'espace de la mémoire dite naturelle, spontanée, vivante, l'originaire se conserverait mieux. L'enfance s'inscrirait plus durablement dans cette cire que les temps intermédiaires. L'effacement figurerait la catégorie du *milieu,* à la fois pour l'espace et pour le temps. Il n'affecterait que les impressions secondes ou secondaires, moyennes ou médiates. Ineffaçable serait l'impression originaire, une fois qu'elle s'est enfoncée dans la cire vierge.

Or que *représente* une cire vierge, toujours vierge, précédant absolument toute impression possible, toujours plus vieille, parce que intemporelle, que tout ce qui semble l'affecter pour prendre forme *en elle* qui *reçoit,* néanmoins, et pour la même raison toujours plus jeune, infante même, achronique et anachronique, si indéterminée qu'elle ne supporte même pas le nom et la forme de la cire? Laissons cette question suspendue jusqu'au moment où il y aura lieu de renommer *khôra.* Mais il fallait déjà faire apparaître l'homologie de ce schème avec le contenu même des récits. En vérité chaque contenu narratif – fabuleux, fictif, légendaire ou mythique, peu importe pour l'instant – devient à son tour le contenant d'un autre récit. Chaque récit est donc le *réceptacle* d'un autre. Il n'y a que des réceptacles de réceptacles narratifs. N'oublions pas que réceptacle, lieu d'accueil ou d'hébergement *(hypodokhè),* c'est la détermination la plus insistante (ne disons pas essentielle, pour des raisons déjà évidentes) de *khôra.*

Mais si *khôra* est un réceptacle, si elle donne lieu à toutes les histoires, ontologiques ou mythiques, qu'on peut raconter au sujet de ce qu'elle reçoit et même de ce à quoi elle ressemble mais qui en fait prend place en elle, *khôra* elle-même, si on peut dire, ne devient l'objet d'aucun *récit,* qu'il passe pour vrai ou pour fabuleux. Un secret sans secret reste à jamais impénétrable à son sujet. Sans être un *logos* vrai, la parole sur *khôra* n'est pas davantage un mythe vraisemblable, une histoire qu'on rapporte et dans laquelle une autre histoire prendra place à son tour.

Reprenons les choses de plus haut. Dans cette fiction qu'est l'ensemble *écrit* du dialogue intitulé *Timée,* on parle d'abord d'un dialogue qui aurait eu lieu « la veille » (*khthes,* 17a). Cette seconde fiction (F2) a un contenu, le modèle fictif d'une cité idéale (17c) qui se trouve décrit sur un mode narratif. Une structure d'inclusion fait de la fiction *incluse* le thème en quelque sorte de la fiction antérieure qui en est la forme *incluante,* le contenant capable, disons le réceptacle. Socrate qui, nous l'avons noté, fait figure de destinataire général, capable de tout entendre et donc de tout recevoir (comme nous, ici même), affecte d'interrompre alors cet enchaînement mythopoétique. Mais c'est pour le relancer de plus belle :

« Eh bien, apprenez encore maintenant, à propos de cet État *(politeia)* que nous avons décrit, quelle sorte de sentiment j'ai éprouvé à son égard... Cette impression ressemble à celle que l'on ressentirait, quand, ayant vu quelque part de beaux êtres vivants *(zôa kala),* soit figurés en peinture *(hypo graphès),* soit même réellement en vie, mais se tenant en repos, on éprouvait le désir de les voir se mettre d'eux-mêmes en mouvement et effectuer en réalité quelques-uns des exercices qui paraissent convenir à leur corps. Voilà ce que je ressens, moi aussi, à l'égard de l'État dont nous avons parcouru le plan : j'aimerais à entendre raconter que ces luttes que soutient un État, il les affronte, lui aussi, contre d'autres États. Qu'il marche, comme il faut, à la bataille, que pendant la guerre, il se montre digne de l'instruction et de l'éducation donnée aux citoyens, soit dans ses opérations, soit dans ses négociations au regard de chacun des autres États » (19b-c).

Désir de Socrate, de celui qui reçoit tout, une fois de plus : donner vie, voir donner vie et mouvement à une *graphé,* voir s'animer une zoographie, autrement dit une représentation picturale, la description ou l'inscription morte du vivant. Donner la vie – mais c'est aussi la guerre. Et donc la mort. Ce désir est aussi politique. Comment animer cette représentation du politique? Comment mettre en mouvement, c'est-à-dire en marche, une représentation morte de la *politeia*? En montrant la cité en rapport avec d'autres cités. On décrira ainsi par la parole, par la peinture discursive, le mouvement de sortie hors de soi d'un État. Grâce à une *seconde fiction graphique,* on sortira de la première *graphé.* Celle-ci était plus morte, moins vivante que la seconde dans la mesure où elle décrit la cité en elle-même, au-dedans d'elle-même, en paix avec sa propre intériorité, dans son économie domestique. La possibilité de la guerre fait sortir l'image graphique – la description – de la cité idéale; non pas encore dans le réel vivant et mobile mais dans une meilleure image, une image vivante de ce réel vivant et mobile, tout en montrant un fonctionnement intérieur à l'épreuve : la guerre. À tous les sens de ce mot, c'est une *exposition décisive* de la cité [8].

Au moment où il demande qu'on sorte enfin de cette hallucination graphique pour voir l'image des choses mêmes en mouvement, Socrate désigne, sans les dénoncer, poètes et sophistes : par définition ils sont incapables de sortir du simulacre ou de l'hallucination mimétique pour décrire la réalité politique. Paradoxalement, c'est dans la mesure où ils sont toujours dehors, sans lieu propre et sans domicile fixe, que ces membres du *mimêtikon ethnos,* du *genos tôn sophistôn* ou du *poiêtikon genos* restent impuissants, incapables de parler de la réalité politique en tant qu'elle se mesure *au-dehors,* précisément, à l'épreuve de la guerre.

Du même coup, affectant de se ranger du côté de cet *ethnos* ou de ce *genos,* Socrate confesse qu'il est lui aussi incapable de sortir, par lui-même, de lui-même, de son rêve mytho-miméticographique pour donner vie et mouvement à la cité. (« Je me connais assez pour savoir que je ne serai jamais capable de faire, comme il faut, l'éloge de ces hommes-là et de leur cité [en guerre, en négociation, en vie, en mouvement]. Pour moi, cela n'a rien d'étonnant. Mais je me suis fait la même opinion au sujet des poètes... », 19d.)

Ironie supplémentaire : Socrate ne se contente pas de se ranger un moment parmi les hommes du simulacre zoographique, il dit ne pas mépriser leur *genos* ou leur *ethnos*. Cela confère au jeu entre le texte et le thème, entre ce qui se fait et ce qui se déclare, comme entre les inclusions successives des « réceptacles » à thèmes et à thèses, une structure sans origine indivisible.

Dans ce théâtre de l'ironie où les scènes s'emboîtent dans une série de réceptacles sans fin et sans fond, comment isoler une thèse ou un thème qu'on attribuerait paisiblement à la « philosophie-de-Platon », voire à *la* philosophie comme la chose platonicienne? Ce serait méconnaître ou dénier violemment la structure de la scène textuelle, croire résolues toutes les questions de topologie en général, y compris celle des lieux de la rhétorique, et croire comprendre ce que recevoir, c'est-à-dire comprendre, veut dire. C'est un peu tôt. Comme toujours.

# IV

Devrait-on dès lors s'interdire de parler de la philosophie de Platon, de l'ontologie de Platon, voire du platonisme? Nullement et il n'y aurait sans doute aucune erreur de principe à le faire, seulement une inévitable *abstraction. Platonisme* voudrait dire, dans ces conditions, la thèse ou le thème qu'on aura par artifice, méconnaissance et abstraction, extrait du texte, arraché à la fiction écrite de « Platon ». Cette abstraction une fois surinvestie et déployée, on l'étendra au-dessus de tous les plis du texte, de ses ruses, surdéterminations, réserves qu'elle viendra recouvrir et dissimuler. On appellera cela platonisme ou philosophie de Platon, ce qui n'est ni arbitraire ni illégitime puisqu'on se recommande ainsi d'une certaine force d'abstraction thétique à l'œuvre, déjà, dans le texte hétérogène de Platon. Elle travaille et se présente justement sous le nom de philosophie. S'il n'est pas illégitime et arbitraire de l'appeler comme elle s'appelle, c'est que sa violence arbitraire, son abstraction consiste à faire la loi, jusqu'à un certain point et pendant un certain temps, à dominer, selon un mode qui est justement toute la philosophie, d'autres motifs de pensée qui sont aussi à l'œuvre dans le texte : par exemple ceux qui nous intéressent ici par privilège, et à partir d'une autre situation – disons pour faire vite une autre situation *historique,* bien que l'histoire dépende le plus souvent dans son concept de cet héritage philosophique. Le « platonisme » est donc certainement un des effets du texte signé de Platon, pendant longtemps l'effet dominant et pour des raisons nécessaires, mais cet effet se trouve toujours retourné contre le texte.

Cette réversion violente doit pouvoir être analysée. Non qu'on dispose à un moment donné d'une plus grande lucidité ou de nouveaux instruments.

Avant cette technologie ou cette méthodologie, une nouvelle situation, une nouvelle expérience, un autre *rapport* doivent être possibles. Laissons ces trois mots (situation, expérience, rapport) sans complément pour ne pas les déterminer trop vite et pour annoncer de nouvelles questions à travers cette lecture de *khôra*. Dire par exemple situation ou topologie de l'être, expérience *de l'être* ou rapport *à l'être,* ce serait peut-être trop vite s'installer dans l'espace ouvert par la question du sens de l'être dans son type heideggerien. Or, quant à l'interprétation heideggerienne de *khôra,* nos questions doivent s'adresser aussi à certaines décisions de Heidegger et à leur horizon même, à ce qui forme l'horizon de la question du sens de l'être et de ses époques.

La réversion violente dont nous venons de parler est toujours intéressée et intéressante. Elle se trouve naturellement à l'œuvre dans cet ensemble sans limite que nous appelons ici *le texte.* En se construisant, en se posant sous sa forme dominante à un moment donné (ici la thèse platonicienne, la philosophie ou l'ontologie), le texte s'y neutralise, engourdit, auto-détruit ou dissimule : inégalement, partiellement, provisoirement. Les forces ainsi inhibées continuent d'entretenir un certain désordre, de l'incohérence potentielle et de l'hétérogénéité dans l'organisation des thèses. Elles y introduisent du parasitage, de la clandestinité, de la ventriloquie et surtout un ton général de dénégation qu'on peut apprendre à percevoir en y exerçant son oreille ou sa vue. Le « platonisme » n'est pas seulement un exemple de ce mouvement, le premier « dans » toute l'histoire de la philosophie. Il le commande, il commande *toute* cette histoire. Mais le « tout » de cette histoire est conflictuel, hétérogène, il ne donne lieu qu'à des hégémonies relativement stabilisables. Il ne se totalise donc jamais. En tant que telle, effet d'hégémonie, une philosophie serait dès lors toujours « platonicienne ». D'où la nécessité de continuer à tenter de penser ce qui a lieu chez Platon, avec Platon, ce qui s'y montre, ce qui s'y cache, pour y gagner ou pour y perdre.

Revenons au *Timée.* Au point où nous en sommes, comment reconnaître le *présent* du récit? Qui s'y *présente*? Qui y tient le discours? À qui la parole est-elle destinée? À Socrate, toujours, nous avons déjà insisté sur cette singulière dissymétrie; mais cela reste encore trop indéterminé, par définition. À ce point, donc, trois instances de fiction textuelle sont incluses l'une dans l'autre, l'une comme contenu informé dans le réceptacle de l'autre : F1, le *Timée* lui-même, unité déjà difficile à découper, F2, l'entretien de la veille (*La République, Politeia*? on connaît ce débat), F3, son résumé présent, la description de la *politeia* idéale.

Mais cela ne fait que commencer (17a-19b). Devant le tableau mort, Socrate demande donc qu'on passe à la vie, au mouvement et à la réalité, pour parler enfin de philosophie et de politique, ce dont le *mimêtikon ethnos,* le *poiêtikon genos* et le *tôn sophistôn genos* sont, un peu comme Socrate, incapables. Il s'adresse à ses interlocuteurs comme à un autre *genos* et cette apostrophe va les faire parler en leur reconnaissant pour cela le droit et la compétence nécessaires. En s'effaçant et en rendant la parole, Socrate semble aussi induire et programmer le discours de ses destinataires dont il affecte de devenir à son tour l'écouteur ou le récepteur. Par leur bouche désormais, qui parlera? eux, les destinataires de Socrate? ou Socrate leur destinataire? Le *genos* de ceux qui par nature et par éducation participent aux deux ordres, philosophie et politique (ἅμα ἀμφοτέρων φύσει καὶ τροφῇ μετέχον, 20a), se voit ainsi assigner la parole par celui qui s'exclut de leur *genos* et fait semblant d'appartenir au *genos* des simulateurs.

Le jeune Critias accepte alors (F4) de rapporter un récit qu'il avait déjà fait la veille, en chemin, selon de vieilles traditions orales (*ek palaias akoès,* 20d). Au cours de ce récit qui, la veille, répétait déjà une tradition peu déterminée, le jeune Critias rapporte un autre récit (F5) que le vieux Critias, son aïeul, lui avait lui-même rapporté d'un entretien qu'il aurait eu avec Solon, entretien au cours duquel ce dernier relate (F6) à son tour un entretien qu'il aurait eu avec un prêtre égyptien et au cours duquel ce dernier relate (F7) à son tour l'origine d'Athènes : d'après des écritures égyptiennes.

Or c'est dans ce dernier récit (le premier dans la série des événements narratifs, le dernier à être rapporté dans cette relation des relations) que revient la référence à l'écriture égyptienne. Au cours de ce premier-dernier récit, le plus mythique dans sa forme, il s'agit de rappeler aux Grecs, qui sont restés des enfants, quelle fut l'enfance d'Athènes. Or Athènes figure une cité qui, pour n'avoir pas eu le bon usage de l'écriture, n'en a pas moins servi de modèle à la cité égyptienne dont le prêtre est issu – donc de paradigme exemplaire au lieu depuis lequel en somme il avance ce récit. Ce lieu, qui semble inspirer ou produire le récit, a donc pour modèle un autre lieu, Athènes. C'est Athènes ou son peuple qui, apparents destinataires ou réceptacles du récit, en seraient ainsi, d'après le prêtre même, les émetteurs, producteurs ou inspirateurs, les informateurs.

Dans la fiction F1, elle-même *écrite,* ne l'oublions jamais, se développe ainsi une théorie ou une procession de l'écriture renvoyant, *par écrit,* à une origine plus vieille qu'elle-même (F7).

Au centre, entre F3 et F4, une sorte de retournement, une catastrophe apparente; et l'apparence, c'est qu'on croit alors passer à la réalité enfin, sortir du simulacre. En vérité, tout reste encore confiné dans l'espace de la fiction zoographique. On mesure l'ironique ingénuité qu'il faut à Socrate pour se féliciter de passer aux choses sérieuses, d'excéder la peinture inanimée pour aborder enfin les événements réels. Il applaudit en effet lorsque Critias lui annonce qu'il s'apprête à raconter ce que son grand-père lui a dit que lui avait dit Solon au sujet de ce que lui avait confié un prêtre égyptien des « merveilleux exploits accomplis par cette cité-ci » (20e), un de ces exploits étant « le plus grand de tous » *(pantôn de hen megiston),* donc, dirons-nous en mimant l'argument de saint Anselme, à moins que ce ne soit celui de Gaunilon, un événement qui doit avoir été *réel,* sans quoi il n'eût pas été le plus grand de tous. Voilà qui est bien parlé, répond Socrate dans l'enthousiasme, *eu legeis.* Et de demander aussitôt quel est cet exploit, cette œuvre *effective (ergon)* qui ne fut pas rapportée seulement comme une fiction, une fable, un dit, quelque chose dont on se contente de parler *(ou legomenon)* mais comme un haut fait réellement *(ontôs)* accompli par cette cité, jadis, et dont Solon a ainsi entendu parler.

Nous devrions donc parler enfin d'un fait *(ergon)* véritablement, réellement *(ontôs)* accompli. Que se passe-t-il alors? Remarquons d'abord que l'essentiel nous viendrait de la bouche de Solon, lui-même cité par deux générations de Critias.

Or qui est Solon? On s'empresse de le présenter comme un poète génial. Si l'urgence politique lui avait laissé le loisir de se consacrer à son génie, il eût surpassé Hésiode ou Homère (21a-b). Après ce que Socrate venait de dire des poètes, après le tournant « réaliste » qu'on a feint de prendre, ce surcroît d'ironie déstabilise encore davantage la fermeté des thèses et des thèmes. Il accentue la tension dynamique entre l'effet thétique et la fiction textuelle, entre la « philosophie » ou la « politique » qui lui est ici associée – contenus de sens identifiables et transmissibles comme identité d'un savoir – et d'autre part une dérive textuelle qui prend la forme d'un mythe, en tout cas d'un « dit » *(legomenon)* dont l'origine paraît toujours indéfinie, reculée, confiée à une responsabilité sans cesse ajournée, sans sujet fixe et déterminable. De relation en relation, l'auteur s'éloigne toujours. Le dit mythique ressemble alors à un discours sans père légitime. Orphelin ou bâtard, il se distingue ainsi du *logos* philosophique qui, comme il est dit dans le *Phèdre,* doit avoir un père responsable, un père qui réponde – pour lui et de lui. Ce schème familial depuis lequel on situe un discours, nous le retrouverons à l'œuvre au moment de situer, si l'on peut encore dire, le lieu de tout site, à savoir *khôra.* D'une part, celle-ci serait le « réceptacle et comme la nourrice de toute naissance » (πάσης εἶναι γενέσεως ὑποδοχὴν ἀυτὴν οἷον τιθήνην, 49a). Nourrice, elle relève ainsi de ce *tertium quid* dont la logique commande tout ce qui lui est attribué. D'autre part, un peu plus loin, une autre « comparaison » convenable nous est proposée : « Et il convient de comparer *(proseikasai prepei)* le réceptacle à une mère, le paradigme à un père, et la nature intermédiaire entre les deux à un enfant *(ekgonon)* » (50d). Et pourtant, à suivre cette autre figure et bien qu'elle n'ait plus la place de la nourrice mais celle de la mère, *khôra* ne fait pas couple avec le père, autrement dit avec le modèle paradigmatique. Troisième genre (48e), elle n'appartient pas à un couple d'opposition, par exemple à celui que le paradigme intelligible forme avec le devenir sensible et qui ressemble plutôt à un couple père/fils. La « mère » serait à part. Et comme ce n'est qu'une figure, un schème, donc une de ces déterminations que reçoit *khôra,* celle-ci *n'*est *pas* plus une mère qu'une nourrice, et pas plus qu'une femme. Ce *triton genos* n'est pas un *genos,* et d'abord parce que c'est un individu unique. Elle n'appartient pas à la « race des femmes » *(genos gynaikôn*[9]*). Khôra* marque une place à part, l'espacement qui garde un rapport dissymétrique avec tout ce qui, « en elle », à côté ou en plus d'elle, semble faire couple avec elle. Dans le couple hors du couple, cette mère étrange qui donne lieu sans engendrer, nous ne pouvons plus la considérer comme une origine. Elle échappe à tout schème anthropo-théologique, à toute histoire, à toute révélation, à toute vérité. Pré-originaire, *avant* et hors de toute génération, elle n'a même plus le sens d'un passé, d'un présent passé. *Avant* ne signifie aucune antériorité temporelle. Le rapport d'indépendance, le non-rapport ressemble davantage à celui de l'intervalle ou de l'espacement au regard de ce qui s'y loge pour y être reçu.

Et pourtant le discours sur *khôra,* conduit par un raisonnement bâtard et sans père légitime (*logismô tini nothô;* 52b), se trouve inauguré par un nouveau retour à l'origine : nouvelle surenchère dans la régression analytique.

Tout le *Timée* est ainsi scandé par des retours en arrière. Le temps propre en est articulé par des mouvements qui reprennent de plus haut encore les choses déjà traitées plus haut. Ainsi :

> « D'après cela, si l'on veut dire réellement *(ὄντως)* comment le Monde est né, il faut faire intervenir dans le récit l'espèce de la cause errante (καὶ τὸ τῆς πλανωμένης εἶδος αἰτίας) et la nature de son mouvement propre. Donc il faut encore, derechef (πάλιν), revenir en arrière, reprendre, pour ces mêmes phénomènes, un nouveau début approprié (προσήκουσαν ἑτέραν ἀρχήν) et, comme nous l'avons fait dans ce que nous avons étudié jusqu'ici, recommencer, pour ces faits encore, par le commencement (νῦν οὕτω περὶ τούτων πάλιν ἀρκτέον ἀπ' ἀρχῆς) » (48a-b).

On ne recommencera pas au commencement. On ne remontera pas, comme il est précisé aussitôt après, aux premiers principes ou éléments de toutes choses *(stoikheia tou pantos)*. Il faut aller plus loin, reprendre tout ce qu'on avait pu considérer jusqu'ici comme l'origine, revenir en deçà des principes élémentaires, c'est-à-dire de l'opposition du paradigme et de sa copie. Et lorsque, pour ce faire, on annonce qu'on n'aura recours qu'à des affirmations vraisemblables (τὴν τῶν εἰκότων λόγων δύναμιν ou encore τὸ τῶν εἰκότων δόγμα, 48d-e), c'est pour proposer aussi de « diviser davantage » le principe (48e) : « Or, ce commencement nouveau, divisons-le plus amplement que notre premier début. Alors nous avions distingué deux formes *(δύο εἴδη)* d'être. Maintenant, il nous faut en découvrir un troisième genre (τρίτον ἄλλο γένος ἡμῖν δηλωτέον). »

Reprenons les choses de plus haut, cela peut se traduire ainsi : revenons en deçà du discours assuré de la philosophie qui procède par oppositions principielles et compte avec l'origine comme avec un *couple normal.* Nous devons revenir vers une pré-origine qui nous prive de cette assurance et requiert du même coup un discours philosophique impur, menacé, bâtard, hybride. Ces traits ne sont pas négatifs. Ils ne discréditent pas un discours qui serait simplement inférieur à la philosophie. Car s'il n'est certes pas vrai, seulement vraisemblable, il ne dit pas moins le nécessaire au sujet de la nécessité. La difficulté insolite de tout ce texte tient en effet à la distinction entre ces deux modalités : le vrai et le nécessaire. L'audace consiste ici à remonter en deçà de l'origine, ou aussi bien de la naissance, vers une *nécessité* qui n'est ni génératrice ni engendrée et qui porte la philosophie, « précède » (avant le temps qui passe ou le temps éternel avant l'histoire) et « reçoit » l'effet, ici l'image des oppositions (intelligible et sensible) : la philosophie. Cette nécessité (*khôra* en est le surnom) paraît si vierge qu'elle n'a même plus la figure d'une vierge.

Le discours sur *khôra* joue donc pour la philosophie un rôle analogue à celui que joue *khôra* « elle-même » pour ce dont parle la philosophie, à savoir le cosmos formé ou informé d'après le paradigme. C'est dans ce cosmos qu'on puisera néanmoins les figures propres – mais nécessairement inadéquates – à décrire *khôra* : réceptacle, porte-empreinte, mère ou nourrice. Ces figures ne sont même pas de vraies figures. De ce qu'elles approchent, la philosophie ne peut parler directement, sur le mode de la vigilance ou de la vérité (vrai ou vraisemblable). Le rêve est entre les deux, ni l'un ni l'autre. La philosophie ne peut parler philosophiquement de ce qui *ressemble* seulement à sa « mère », sa « nourrice », son « réceptacle » ou son « porte-empreinte ». En tant que telle, elle ne parle que du père et du fils, comme si le père l'engendrait à lui tout seul.

Homologie ou analogie au moins formelle, une fois de plus : afin de penser *khôra,* il faut revenir à un commencement plus ancien que le commencement, à savoir la naissance du cosmos, tout comme l'origine des Athéniens doit leur être rappelée par-delà leur propre mémoire. Dans ce qu'elle a de formel, précisément, l'analogie est déclarée : un souci de composition architecturale, textuelle (histologique) et même organique se présente comme tel un peu plus loin. Il *rappelle* le motif organiciste du *Phèdre* : un *logos* bien composé doit ressembler à un corps vivant. Timée : « Ainsi maintenant, comme des constructeurs *(tektosin),* nous avons, prêts à ouvrer, nos matériaux [*hylè* : matériau, bois, matière première, mot dont Platon ne s'est jamais servi pour qualifier *khôra,* soit dit au passage pour annoncer le problème posé par l'interprétation aristotélicienne de *khôra* comme matière] : ce sont les espèces de la cause [cause nécessaire, cause divine]. Avec elles, il nous faut achever de nouer la trame *(synyphanthènai)* du raisonnement *(logos)* qui nous reste à faire. Revenons donc encore une fois brièvement au début *(palin ep'arkhên)* et retournons rapidement au point même d'où nous étions parvenus ici. Et tâchons de donner comme fin *(teleutên)* à notre histoire *tô mythô)* une tête *(kephalèn)* qui s'accorde avec le début afin d'en couronner ce qui précède » (69a).

# Notes

1. Sur ce point, un des plus sensibles de notre problématique, nous espérons revenir souvent et longuement, en esquissant une histoire et une typologie des interprétations de *khôra* ou plutôt quand nous tenterons de décrire la loi de leurs paradoxes ou de leurs apories. Notons seulement pour l'instant que dans les deux ouvrages qui, en langue française et à soixante-dix ans d'intervalle, proposent un tableau d'ensemble et concluent par une interprétation générale de toutes les interprétations passées, le recours méta-linguistique ou méta-interprétatif à ces valeurs de métaphore, de comparaison ou d'image n'est jamais interrogé pour lui-même. Aucune question sur la rhétorique interprétative n'est posée, en particulier dans ce qu'elle emprunte nécessairement à une certaine tradition platonicienne (la métaphore est un détour sensible pour accéder à un sens intelligible), ce qui la rendrait peu apte à fournir un métalangage pour l'interprétation de Platon et en particulier d'un texte aussi insolite que tel passage du *Timée* sur *khôra*. Rivaud parle ainsi d'une « foule de comparaisons et de métaphores dont la variété surprend » (p. 296), de « métaphores » et d'« images » rapportées à une « idée », celle du « en quoi » (p. 298), même si, contre Zeller, il refuse de « ne voir dans

les formules de Platon que des métaphores... » (p. 308). (« La théorie de la χώρα et la cosmogonie du Timée », dans *Le Problème du devenir et la notion de matière,* chap. V, 1905).

Luc Brisson parle à son tour de la « métaphore du rêve dont Platon se sert pour illustrer sa description » (*Le même et l'autre dans la structure ontologique du Timée de Platon,* 1974, p. 197, cf. aussi pp. 206, 207). Il systématise même le recours opératoire au concept de métaphore et propose de classer toutes lesdites métaphores au moment de déterminer ce qu'il appelle « la nature ontologique du milieu spatial » (nous reviendrons sur ce titre et sur le projet qu'il décrit) : « ... Cela [déterminer la « nature ontologique » du « milieu spatial »] pose un problème considérable, car Platon ne parle du milieu spatial qu'en usant d'un langage totalement métaphorique qui échappe à toute technicité. Voilà pourquoi nous analyserons tout d'abord deux séquences d'images : l'une portant sur les relations sexuelles, et l'autre, sur l'activité artisanale... » (p. 208, cf. aussi pp. 211, 212, 214, 217, 222).

Bien entendu, il ne s'agit pas ici de critiquer l'usage des mots de métaphore, de comparaison ou d'image. Il est souvent inévitable, et pour des raisons que nous tenterons d'expliquer ici. Il nous arrivera d'y recourir à l'occasion. Mais il y a un point, semble-t-il, où la pertinence de ce code rhétorique rencontre une limite et doit être interrogée comme telle, devenir un thème et cesser d'être seulement opératoire. C'est précisément le point où les concepts de cette rhétorique paraissent construits à partir d'oppositions « platoniciennes » (intelligible/sensible, être comme *eidos*/image, etc.) auxquelles se soustrait précisément *khôra.* La multiplicité apparente des métaphores (ou aussi bien des mythèmes en général) signifie en ces lieux non pas que le sens propre ne peut devenir intelligible qu'à travers ces détours, mais que l'opposition entre le propre et le figuré, sans perdre toute valeur, rencontre ici une limite.

2. Il le fait en particulier dans un bref passage, en vérité une parenthèse de son *Introduction à la métaphysique* : « (La référence à ce passage du *Timée* [50d-e] n'est pas seulement destinée à éclaircir la connexité du παρεμφαῖνον et du ὄν, du co-apparaître *(des Miterscheinens)* et de l'être comme stabilité, mais elle doit en même temps indiquer qu'à partir de la philosophie platonicienne, c'est-à-dire dans l'interprétation de l'être comme, δέα, se prépare *(vorbereitet)* la transformation par laquelle, à l'essence à peine soupçonnée du lieu *(Ortes)* (τόπος), et de la χώρα, se substitue " l'espace " *(Raum)* défini par l'extension *(Ausdehnung)*. Χώρα ne pourrait-il pas vouloir dire : ce qui se sépare, dévie de toute chose particulière, ce qui s'efface, ce qui ainsi admet justement autre chose et lui " fait place " *(Platz macht)*?) » (pp. 50-51, trad. française G. Kahn, pp. 76-77). Parmi toutes les questions que devraient nous poser ce texte et son contexte, la plus grave porterait sans doute sur toutes les décisions impliquées par le « se prépare » *(vorbereitet)*.

3. *Vorlesungen über die Geschichte der Philosophie, Einleitung,* B, 2b, *Verhältnis der Philosophie zur Religion,* Werke 18, Suhrkamp, p. 103.

4. Marcel Detienne et Jean-Pierre Vernant, *Les Ruses de l'intelligence, la métis des Grecs,* p. 66. Gaia est évoquée par le prêtre égyptien du *Timée,* dans un discours sur lequel nous reviendrons. C'est au moment où il reconnaît la plus grande ancienneté de la cité athénienne qui n'a pourtant de mémoire que mythique et dont l'archive écrite se trouve comme déposée en Égypte (23d-e). Cf. aussi Heidegger,

*Nietzsche,* t. 1, p. 350, trad. française, p. 274. « Chaos, χάος, χαὶνω, signifie le bâillement *(das Gähnen),* le béant, ce qui se fend en deux *(Auseinanderklaffende).* Nous entendons χάος en étroite connexion avec une interprétation originelle de l'essence de l'ἀλήθεια en tant que l'abîme qui s'ouvre (cf. Hésiode, *Théogonie*). La représentation du Chaos, chez Nietzsche, a pour fonction de prévenir une " humanisation " *(Vermenschung)* de l'étant dans sa totalité. L'" humanisation " comporte autant l'explication morale du monde à partir de la résolution d'un Créateur, que son explication technique, à partir de l'activité d'un grand artisan *(Handwerker)* (le Démiurge). »

5. « C'est Platon qui donne l'interprétation déterminante *(massgebende Deutung)* pour la pensée occidentale. Il dit qu'entre l'étant et l'être il y a *(bestehe)* le χωρισμός; ἡ χώρα signifie l'endroit *(Ort).* Platon veut dire que l'étant et l'être sont en des endroits différents. L'étant et l'être sont différemment mis à l'endroit *(sind verschieden geortet).* Si donc Platon considère le χωρισμός, la différence d'endroit de l'être et de l'étant, il pose alors la question du tout autre endroit *(nach dem ganz anderen Ort)* de l'Être, par comparaison avec celui de l'étant. » (*Qu'appelle-t-on penser?* pp. 174-175, trad. française A. Becker et G. Granel, p. 261). Plus tard, nous reviendrons longuement sur ce passage et sur son contexte.

6. C'est un des motifs qui relient cet essai à celui que nous consacrons à *Geschlecht* chez Heidegger. Cf. l'introduction à cet essai, « *Geschlecht,* différence sexuelle, différence ontologique », in *Psyché, Inventions de l'autre,* Galilée, 1987.

7. *Le Capital,* Quatrième Section, XIV, v. Dans un autre contexte, celui d'un séminaire tenu à l'École normale supérieure en 1970 *(Théorie du discours*

*philosophique : les conditions d'inscription du texte de philosophie politique – l'exemple du matérialisme)*, ces réflexions sur le *Timée* croisaient d'autres questions qui restent ici à l'arrière-plan et sur lesquelles je reviendrai ailleurs. D'autres textes étaient étudiés, en particulier ceux de Marx et de Hegel, qu'il s'agisse du rapport à la politique de Platon en général, de la division du travail, du mythe, de la rhétorique, de la matière, etc.

8. La possibilité de la guerre fait effraction dans l'idéalité, dans la description idéale de la cité idéale, dans l'espace même de cette fiction ou de cette représentation. La veine de cette problématique, que nous ne pouvons suivre ici, paraît des plus riches. Elle pourrait nous conduire en particulier vers une forme originale de fiction qu'est *Du contrat social.* Selon Rousseau, l'état de guerre entre les États ne peut donner lieu à aucun droit pur, purement civil, tel celui qui doit régner à l'intérieur de l'État. Même si elle a son droit original, le droit des gens (*genos,* gens, peuple, ethnie), la guerre nous fait revenir à une sorte de sauvagerie spécifique. Elle fait sortir le contrat social de lui-même. Par cette suspension, elle en montre aussi les limites; elle éclaire d'un certain jour les frontières du contrat social lui-même et du discours théorique ou fabuleux qui le décrit. Aussi est-ce à la fin du livre et de cette fiction idéale que Rousseau aborde en quelques lignes les problèmes qu'il ne traitera pas. Il faudrait analyser de près cette conclusion et ces considérations sur la guerre, le rapport singulier qu'elles entretiennent avec *le dedans* du contrat social au moment où elles ouvrent sur son dehors. Rapport thématique mais aussi rapport formel, problème de composition : Rousseau semble se frotter les yeux pour percevoir le dehors de la fable ou de la genèse idéale. Il ouvre les yeux mais

il ferme le livre : « Chap. X, *Conclusion.* Après avoir posé les vrais principes du droit politique et tâché de fonder l'État sur sa base, il resterait à l'appuyer par ses relations externes : ce qui comprendrait le droit des gens, le commerce, le droit de la guerre et les conquêtes, le droit public, les ligues, les négociations, les traités, etc. Mais tout cela forme un nouvel objet trop vaste pour ma courte vue : j'aurais dû la fixer toujours plus près de moi. »

9. Cf. Nicole Loraux, « Sur la race des femmes », dans *Les Enfants d'Athéna* (1981, p. 75 sq.). Dans le contexte que nous délimitons ici, on relira aussi, dans le chapitre précédent, « L'autochtonie : une topique athénienne », ce qui concerne en particulier Athènes « à la fois nourrice *(trophos),* patrie et mère » (*Panégyrique* d'Isocrate) et les « pôles rivaux et complémentaires, *logos* et *mythos* » qui « se partagent la scène théâtrale, dans l'affrontement mais aussi dans la complicité » (pp. 67-72). Quant à la race des hommes *(genos anthropôn),* le prêtre égyptien du *Timée* lui assigne des « lieux » : ce sont les lieux propices à la mémoire, à la conservation des archives, à l'écriture et à la tradition, ces *zones* tempérées qui protègent de la destruction par les excès du chaud et du froid (22e-23a).

DANS LA MÊME COLLECTION

Jacques Derrida
*Passions*

Jacques Derrida
*Sauf le nom*

Jacques Derrida
*Khôra*

Achevée d'imprimer le 29 janvier 1993
par l'Imprimerie Floch à Mayenne,
l'édition originale de : *Khôra* est tirée
à trois mille deux cents exemplaires
numérotés sur vergé ivoire clair.

Exemplaire N° 1392

Dépôt légal : février 1993. N° d'imp. : 33519.
N° d'édition : 434. ISBN 2-7186-0423-9